이런 얘기는 좀 어지러운가
유계영 시집

문학동네시인선 119 유계영

이런 얘기는 좀 어지러운가

시인의 말

마지막 페이지에 수록된 시는 시인의 말을 쓰다가 완성해
버린 것이다. 하고 싶은 말에 거의 다 도달했을 때, 단어가
바닥나버렸다. 종종 이런 일이 벌어지곤 했다.

2019년 4월
유계영

차례

2부 손까지 씻고 다시 잠드는 사람처럼

3부 이렇게 긴 오늘은 처음입니다

4부 별 뜻 없어요 습관이에요

1부

우리는 시끄럽고 앞뒤가 안 맞지

봄꿈

온종일 털었는데 네 개의 지갑은 모두 비어 있다

나는 꿈속에서 허탕만 치는 소매치기였으나
아무도 없는 무대에 올라 개망초처럼 흥겨웠다

빈 주머니들은 더 가벼워졌겠지
왼손과 오른손을 꽉 묶고 차분히 잠들겠지

겨울에 떠난 것들이 겨울로 돌아오지 않는 것을
뭐라고 불러줄까 생각하면서

낡은 것은 새것으로 새것은 낡아가고
모르는 것은 아는 것으로 아는 것을 모르게 되고

봄에도 그러겠지

장발장은 빵만 훔쳤는데 왜 십구 년을 갇혀요?
은촛대를 훔쳤을 땐 왜 용서받아요?

선생님은 왜 아무것도 몰라요?

나는 떠들지 말라고 말해주었다
손잡이가 떨어진 채로 들썩거리는 주전자들아

멀리 바람으로 날아갈 수 있는 죽음이 있다고 믿는
삶의 아둔한 속도로는
집오리 같은 시간 속을 영영 뒤뚱거리게 될 것

살아서 다시는 만나지 말자고
웃는 낯으로 침을 뱉고 돌아서는 사람들

눈에서 태어난 것들이 눈으로 죽으러 돌아와
사흘 내 잠만 자다 나가는 것을 두고
슬픔이라고 부르는 것처럼

모르는 것은 끝까지 몰라두거라
어른 같은 아이는 귀엽지가 않으니

더 지퍼 이즈 브로큰

새벽은 어제의 팬티를 뒤집어 입었지 성큼
냄새가 앞서나갔지
어제가 듬뿍 묻어 있는 것을 어쩌지 못하고

새벽에게 주어진 옷가지가 단 한 벌뿐이었다는 것을 이해
한다면 나는 더이상 나를 낭비하지 않을 텐데

내일은 오늘을 뒤집어 입은 채 앞장선다
당당하다, 그러나 조금 쑥스러운 기색
주인이 벗어둔 바지 속에서
가장 고약한 냄새를 빼물고 거실을 활보하는
명랑한 치와와처럼

발톱만으로
소리만으로

나의 대답들 중 몇 가지는 환청에 대꾸한 것이겠지
목소리의 안감에 입술을 대고
개미를 꾹꾹 밟아 죽인 발끝에게는 아무 말 못했지

천장에 머리가 닿을 때까지 까무러치는 이마
이불 끝에 삐져나온 발가락

새어나오는 것들은 가느다랄수록 간절하고 아름다워
죽은 가수의 라이브앨범에 녹음된 휘파람과
주전자의 이빨 사이로 피어오르는 수증기처럼

이불을 뒤집어쓴 사람의 입속에서
중얼거림이 불어터지고 있네

새벽 창문의 기도
아침의 빛깔은
누구의 고장난 지퍼에서 새어나오는 것일까
안팎의 무늬가 동일한 팬티를 매일 성실하게 뒤집어 입고
골목을 서성이는 새벽의 습관은
실금처럼 가느다란 골목 끝에 쓰러진 사람을 두고
매번 딴청이다

공공 서울

손톱은 밤에 깎는다
시궁쥐들의 분발을 위해
인간이 못다 저지른 악행을 대신해준다면
우리가 더 많은 치즈를 빚을 것이다

다음엔 가혹하게 끝내주시겠지
신도 있다는데
무거운 얼굴을 씰룩거리는 새들의 병은
오늘도 차도가 없다
즐겁고 즐거운 나머지

연인들이 다정하게 손을 맞잡고 지나간다
그러자, 그렇게 하자

중국매미는 바로 죽여야 한대
천적이 없기 때문이래 친구가 말한다

천적이 없는 신 같은 건 만날 일 없던데?
그러자, 그렇게 하자

시작하는 안녕은 몰라도 끝내는 안녕은 잊지 마
팔이 하나뿐인 남자는 잊지 않았다
발이 세 개나 되는 그는 유일한 팔로

세번째 발목을 들고 근면성실 양말을 팔았다

아침에 켜두고 간 형광등이
그대로 켜져 있는 방으로 돌아왔다

불쑥 떠오른 대낮에 한 약속
기꺼이 서로의 신이 돼주기로 한
언제 어디서나 꺼낼 수 있는 포켓치즈처럼

눈금자를 0으로 맞추기 위해

매일 숨겨둔 발톱을 갈았지
아름다운 파마머리들로 만석인 신전(神殿)처럼

걸상 다리가 부러지는 순간을 기다려
목련나무 가지 끝에 매달아놓은 스피커가 꽝꽝거리는 것
을 보아라

그들의 신이고자
잠자리의 붉은 꼬리 끝에 실을 묶어
너희가 돌리며 즐거워하듯이
내가 나의 신이고자
낮은 지붕 밑에서 편안하게 잠드는 것을 보아라

문밖을 나서면 사람을 잊을 수 있도록
여기서부터 저기까지의 마룻바닥에서만 사람이도록 연습
한 것을 보아라
비눗갑 밑에서 부글거리는 거품들이 마침내 투명이 되는
것을 보아라

꽃은 나무의 무엇입니까
봄마다 날아오는 식상한 질문을 피하기 위해
창백한 휴가입니다
바늘 끝에 꿰어둔 떡밥입니다

흰 허벅지를 겨눈 모서리입니다
종일 기지개 켜는 몽상가들을 길러낸 것을 보아라

반바지 차림의 대머리가 이발소 문을 열고 들어가
나도 이발할 수 있나요? 물어보듯이
스스로를 얼마나 아껴 쓸 수 있는지

눈금자를 0으로 맞추기 위해
내가 나를 얼마나 가여워할 수 있는지

불과 아세로라

도시의 비둘기들은 지하철역으로 모일 것
나랑 갈 데가 있다 날개로는 당도할 수 없는 곳

구구구구 구구구

우리는 중얼거리고 비명 지르지
*그리고 우리가 무엇을 노래하는지 전혀 모르지**

응급차가 경광등을 돌리며 삐뽀삐뽀 지나간다

들려? 열반에 드는 소리! 오늘도 누군가는 해냈다고 애인
이 중얼거린다
  내가 이태리에서 송아지로 태어났다면 말이야…… 그래
도 우리는 만났을 거야…… 가난한 너는
  딱 하나의 가방만을 갖게 될 거구…… 그래서 지니고 다
녔지

열리고 닫히다가 벗겨지고 너덜거리는 마음

조금씩 나아지고 있을까
조금씩 낡아가는 것일까

바퀴에게 꼭 하고 싶은 말이 있다 저는 아무데서나 내려

주면 됩니다 서서히는 말구요
  빠르고 강력한 거면 제일 좋구요 기사님

  고속도로 복판에서 드르렁드르렁 코를 골다가
  다 왔습니다 손님
  바퀴 위에서

  어디로든 가세요 날개로는 당도할 수 없는 곳

  구구구구 구구구
  우리는 시끄럽고 앞뒤가 안 맞지**

  태양도 책상 아래로 기어들어간 적 있었지 방재 교육 시
간이었다
  재난에는 몇 가지 유형이 있다고 배웠으나 모두 같은 거
로 보였다

  피 흘리는 몸은 없었다
  쓰러지는 마음이 있었다

  열리고 닫히다가 벗겨지고 너덜거리는 미래를 위해
  불이라는 열매를 심장 속에 찔러넣고 다녔다

  *, ** 위어드 알 얀코빅, 〈스멜스 라이크 너바나(Smells Like Nir-
vana)〉에서. *는 변형해 인용했다.

심야산책

슬프네, 말하고 누워버리는 일들
아프네, 말하고 벌떡 일어나 앉는 일들
용수철이 묵묵히 받쳐온
밤의 엉치뼈가 튀어오른다
튀어오를 수 있는 데까지 튀어오른다

나에게 없는 어린 조카가
장난감 자동차를 굴리며 다가와
시체처럼 누운 몸 위로 지나간다
장난인 줄 몰랐다면
나 정말 죽을 뻔했잖니

숲은 아니었지
덜 마른 아스팔트에 뚫린 구멍들

뿌리는 흙속에서 어떤 기억을 훔치길래
열매가 검게 물드는 것인지
포도알 속에 웅크린 검정을 알알이 발음해보며

밤은 지켜줘야 할 비밀을 많이 가졌다
더는 밤에 대해 떠들지 말아야 하는데
악몽 바깥으로 삐져나온 다리가
밤새 식었다 데워졌다

반복하겠구나 생각할수록
나는 풍부해져

수만 마리의 나비가 몰고 온
단 한 마리의 나비만 꽃 위에 앉듯이
슬프네, 말하고 누워버린 일도
아프네, 말하고 벌떡 일어나 앉은 일도

왼손잡이의 노래

귀신에게
나고 자란 골목이란 삐뚤어진 어깨선
양팔 간격 좌우로 나란히
우리는 우측으로 들어왔습니다만
우측으로 나가지는 않습니다만
좌측이 있다는 것은 몰랐습니다

꼼꼼히 풀칠한 편지봉투를 찢듯 한밤중에는,

골목의 모서리를 찢어발기며 즐거웠다
몇 번 죽어본 자들도 제 머리를 바닥에 내던지며
튀기고 놀았다
어린 귀신들은 골목의 양팔에 매달려 소원을 빌었다
나를 무겁게 나를 살쪄우게
더이상 사라지지 않게
(……)

*

밤새도록 빌면서 꾸벅꾸벅 졸았다
졸고 있는 어린 귀신의 머리를 내 어깨에 뉘였다
그러자 어린 귀신이 매섭게 쏘아보고는
모두 잠든 밤에는 울지 말기를

아무도 듣고 있지 않으니

*

날이 밝자마자 늙은 여자가 흰색 러닝셔츠 차림으로 나와
화단을 들여다보며 중얼거렸다
이 꽃은 제라늄…… 이 꽃은 제라늄……

주정뱅이들이 쑤셔박은 담배꽁초들을 그대로 두고
머리카락이 더욱 희어진 채로
골목의 바깥으로 사라져갔다
슬리퍼 끄는 소리가 한참 동안 울리다가
뚝 끊기는 순간

*

이상한 일이다
죽은 이에게 산 자의 취향대로 고른 티셔츠와
스웨터와 점퍼와 코트를 입혀두는 것은
이 많은 빨랫감을 가지고 죽는다는 것은
저승이 이승보다 춥다는 오류는

동창생

죽은 애도 온 것 같다 죽은 애가 와서
자신이 죽었다고 귓속말을 흘리는 것 같다
죽은 애가 죽은 것은 모두가 아는 얘기

이럴 거면 그만 나가달라고 누군가 소리친다
사랑의 근시안에 대해서라면
이혼했고
그보다 많이 결혼한 사연 같은 것이라면 들어주겠지만
죽은 애가 죽은 것은 모두가 아는 얘기
들어줄 수 없는 얘기

지하실 냄새와 어울리는 80년대 실내장식이다
토요일 밤에도 파리만 날릴 게 분명한 호프집이다
여기에서
우리가 다시 만났습니다
그러고도 다시 만났습니다
산 사람처럼 어울려
떠들고 마신다

저승에서도 애국가를 부르나?
동포들만 부르는 노래를?
산 사람들은 부르지 않는 노래를?
거울 속의 내가 즐겨 부르는 노래를?

흐트러진 땅콩 껍질 위에 찍어보는 지장
다른 애가 집었다가 다시 섞어버린 뻥튀기

못다 한 이야기나 나누어봅시다
못다 한 그리움과 못다 한 추태와 못다 한 공격과 못다
한 수비
다 해봅시다 오늘
이야

환영한다 잘살지 않으니까 늙지도 않는구나 재가 정통으
로 맞은 세월을 용케도 피했구나
축하한다 갓 태어난 아이의 머리통에 수북한 머리털
부모보다 먼저 준비해온 검은 머리 소생의 목적
예고하듯이, 네가 우수수 잃어버리게 될 것을, 이제야
용서한다 열심히 칫솔질할수록 툭툭 터지는
흰 이빨 사이의 빨간 피 이런 얘기는 좀 어지러운가
이해한다 축축한 악몽을 머리핀처럼 꽂고 잠든 밤
온몸의 구멍들이 속수무책 열리고 질금질금 오줌을 흘리고
지긋지긋한 기저귀 신세는 졸업한 지 겨우 오십 년 만에
또 돌아오겠군!

사람의 무릎에 뚜껑이 달렸다는 사실은 죽을 때가 되면 알

게 되는 법이다 친구여
　무릎 뚜껑이 열리면 가벼운 영혼 같은 건 줄줄 새어나가
게 될 테다 친구여
　주저앉을 미래와 주저앉힐 미래가 너를 위해 준비되어 있
다 친구여
　고작 머리 뚜껑이나 열었다 닫는 우정이란
　참으로 귀엽군

　누군가 오백 시시 맥주잔을 집어던진다
　함부로 말하지 마라 우리의 숭고한 인생!

　무슨 말이 더 필요해
　너무 많은 말이 필요하니까
　지금껏 그래왔듯이 죽은듯이 살아가자
　산 사람처럼 또 만나자
　창밖의 사거리에는 급정거하는 소나타, 클랙슨 소리 위로
미끄러지는 중학생들이 또
　횡단보도를 지우고
　내가 나인 것이 치욕스러웠던 날들과 떳떳했던 날들을
　마구 흘리며
　달아난다

　그러나 쇠고랑 끝에 매달린 금속 추처럼

죽은 애의 죽음을 끌고 간다 우리는
후렴구를 연거푸 반복하면서

개와 나의 위생적인 동거

기분은 어제를 좋아하니까 헛짖는 것이다
냉장고에 붙여둔 포스트잇이 내일을 향해 쿵쿵거릴 때
너는 도대체가 관심이 없겠지만
국 데워먹어라 사랑한다 이 문을 열면 네가 좋아하는 신
선한 바다

너는 맛있는 냄새가 나는 쪽으로는 가지 않지 밤나방이 흔
드는 팔랑개비를 쫓아 바다까지 가지
그러다가 배가 고프면 죽어버린다
파도가 발치에 닿기도 전에 되돌아가던 일처럼
파도가 해변의 무대 매너를 망치려 드는 것처럼

슬픔은 어제를 좋아하니까 뒷걸음치는 것이다 개골창에
다 흘리고 가는 것이다
네가 달려가 코를 박고 즐거워한다
마음이 있어서 마음대로 한다

먹은 것이 뱃속에 무사히 도착했는지 궁금해
마음이 어제로 돌아갔는지

아직도 너의 가장 외로운 곳에
귀라는 이웃이 망연히 서서
초인종을 누르고 말이 없는지

너는 고개를 흔들어 그것을 확인하는지

오늘은 깨끗하다
모두 어제를 더 좋아하니까
밤의 톱니바퀴가 운반해 가버리니까
너는 오늘의 다리가 어제의 다리보다 조금 더 긴
기분을 알기에 다리를 질질 끌고 다닌다
나는 그걸 보고 울기도 하고 마음을 고백하기도 한다

잘 붙어 있던 포스트잇이 툭 떨어진다
잘사는 줄 알았는데 돌연 뚝 떨어지는 사람처럼
국 데워먹어라 사랑한다 이 문을 열면 네가 좋아하는 신
선한 바다

우리는 F층에서 만나 같은 가구에 올라가 잠든다
개와 개 아닌 마음
마음이 있어서 마음대로 한다

반드시 한쪽만 유실되는 장갑에 대하여

접힌 색종이로 테디베어를 오려요
내가 줄줄 태어납니다
테디베어가 테디베어를 끌고 나오는 것입니다
여자에게 여자아이가 대롱대롱 매달려 있는 것처럼요

손뼉 치던 사람이 짧은 순간
손바닥 사이로 하프를 펼쳐놓습니다
거대한 물방울을 연주합니다
암전 중의 대공연장

빛의 반대는 어둠이 아니라 빛의 없음입니다
포승줄에 묶여 줄줄 끌려나오는 빛의 암살자들은 압니다
삶의 반대는 죽음이 아니라 살 수 없음입니다

침실의 귀여운 친구 테디베어
수만 명의 아이들을 잠재우고 있습니다
눈동자가 의식과 멀어질 때
악수가 제자리로 돌아갈 때
푸른 덩굴이 웅성웅성 점진하는 것을 보았습니다

나는 반쪽이 사라진 상태로 오랫동안 자장가를 꿰매고 있
습니다
너 자신과 멀어지면 멀어질수록

훌쩍 자라게 되는 거란다 속삭이면서

아이가 쥐기 반사에 열광하던 시절
뜯어간 왼쪽 눈알
아이는 아직도 꼭 쥐고 잡니다

몰

인형의 관절은 점심때쯤 신비를 따르다가
저녁때쯤 신비를 비웃는다

발등에 올라탄 어둠을 걷어차고
하루가 다르게 억세지는 사춘기

방금 쟤가 날 쳐다본 것 같아
안 살 거면서 좋아하긴

보도블록에 껌이
아직도 축축한 것이
어금니가 저 정도면 턱은 얼마나 크냐고
더럽게 크겠지 징그럽게 크겠지
물고 빨려나
턱에 비해 손발이 앙증맞으니까
손발 쓰는 인간은 귀여울 때도 있다
손발을 안 쓰려다 더러워지기 일쑤이지만……

쇼윈도
손갈퀴가 기어오르지 않는 좀 시시한 국경

아름다운 단어부터 잊혀졌다
나무보다 나뭇가지가

눈동자보다 눈곱이 바다보다 *헤엄*이 먼저
머리와 가슴에서 영영 멀어졌다

마침내 당도할 곳?
운동화 속의 여백이 아직도 충분하다
초승달에 손가락이 돋아난 거?
작은 손을 낚아채고
다시는 돌아오지 않을 준비다

아이가 밤새도록 지켜본다
중국 인형의 벗겨진 동공에서
영혼이 줄줄 흐르는 것을

치와와

이리 온
누군가 나를 쓰다듬고서
커다란 눈알 두 개를 박아두었다
상상의 목이
오른쪽으로 돌아가지 않았다

나를 주목하지 않는 사람들을 망하게 해주세요
그리고 안녕히 계세요
끝인사를 마치기도 전에
내 삶부터 앞다투어 망가지고 있음을 느꼈다
착하디착한 신 때문에

눈동자를 뒤적이면 각진 구름이 짝다리를 탈탈 털며
눈물을 꾸며내고 있다

이리 온
누군가 나의 이마에 두 개의 점을 찍고 가버렸다
다시는 돌아가지 않겠다고 다짐했지만
자꾸만 되돌아갔다

여기가 숨구멍이니?
이마에 난 두 개의 점을 꾹꾹 눌러보는 손가락
나는 외로운 안테나를 쫑긋거리며

미래일기

나는 오늘 스푼 위의 흰죽을 조금만 핥았다
유리병에 갇힌 새들이 무당방울처럼 지저귀었다

나는 오늘 빈곤할수록 불룩해지는 주머니의 내부다
희박한 공기를 나눠 마시자
오늘의 사람들과 함께였다

꿈속에서도 숨이 차서 걷기만 했다
어젯밤 누가 흘린 장갑들은
바늘이 지나간 자리와 왼쪽과 오른쪽
교회의 첨탑에 무관심해지기로 했다

엉성한 솜씨의 어린이가 채색한 밤하늘처럼
언뜻 종말의 흰자위가 힐끗거렸다
나는 오늘 그것을 마주보았다

오늘의 나를 목격했다는 사람이 있었는데
그것이 진짜라고 말하는 사람은 없었다

베개 위로 늘어뜨린 산발의 머리카락
내일 아침이면 지붕 끝에 묶여 있다

참 재미있었다

동생을 찾아다녔다
겨울에 사라진 것이 분명하고 고무로 만든
한 칸에 일 년씩 살아버리는 느낌으로
육십여 개의 계단을 뽀득뽀득 걸어내려간

누군가 두고 간 표정이 종일 미끄럼틀 위를 흘러내렸다
혹시 모른다 흙투성이 얼굴들과 사이좋게
동생이 고여 있을지도
층계참에 쌓인 발자국들이
위를 향하거나 아래를 향할 것이라는 예상과는 달리
잠시 공중에서 놀고 있다

큰부리까마귀는 어린이의 귀를 물어다가
다 늙은 귀가 될 때까지 소리를 집어넣었다
밤의 레코드판 위를 두 발로 걸어
메가폰 밖으로 뚝뚝 떨어지는
한 음에 일 년씩 살아버리는 느낌으로 동생이,

조부모는 남자들이 먼저 죽었다
살아남은 할머니들은 고모와 이모와 나와 함께
동생을 찾아다녔다 매년 성실하게
겨울이 찾아오는 것에 비하면 동생은
매우 드물게 태어났지만

삑삑 울었다
그럼에도 불구하고 사람이 태어난다는 사실 때문에
발바닥에 밟힌 고무공이 찌그러지며 발랄한 소리를 냈고

춥다고 말하는 사람이 이만큼 흔한 것에 비하면
이불 속엔 내내 같은 덩치의 계절만 웅크리고 있었다
꿈속에서 사라진 동생만을 찾아다녔다

2부

손까지 씻고 다시 잠드는 사람처럼

미래는 공처럼

경쾌하고 즐거운 자, 그가 가장 위험한 사람이다
울고 있는 사람의 어깨를 두세 번 치고
황급히 떠나는 자다
벗어둔 재킷도 깜빡하고 간 그를 믿을 수 없기 때문에
나는 진지하게 가라앉고 있다
침대 아래 잠들어 있는 과거의 편선지들처럼

그림자놀이에는 그림자 빼고 다 있지
겨울의 풍경 속에서
겨울이 아닌 것만 그리워하는 사람들처럼
오늘의 그림자는 내일의 벽장 속에 잘 개어져 있으므로

손목이라는 벼랑에 앉아 젖은 날개를 말리는
캄캄한 메추라기

미래를 쥐여주면 반드시 미래로 던져버리는
오늘을 쪼고 있다

울고 있는 눈사람에게 옥수수수프를 내어주는 여름의 진심
죽음의 무더움을 함께 나누자는 것이겠지
얼음에서 태어나 불구덩이 속으로
주룩주룩 걸어가는

경쾌하고 즐거운 자, 그는 미래를 공처럼 굴린다
침대 밑에 처박혀 잊혀질 때까지

미래는 잘 마른 날개를 펼치고 날아간다
한때 코의 목적을 꿈꾸었던
당근 꽁지만을 남기고

허클베리
—경언에게

줄어든 스웨터의 팔다리를 붙잡고 죽죽 늘이는 아침
혈관 속에서 조용히 팽창하는 것이 있다
죽을 때까지 싸우겠다는 침묵과
죽은듯이 잊겠다는 침묵

너는 쿠바에서 나무로 만든 새를 보내왔다
나는 새에게 행잉이라는 이름을 붙여주었다

행잉은 조용히 흔들렸지
창문을 닫아둔 줄 모르고

바람은 흰 종이로 시작했을 것이다
슬픔이라면 누구의 것이든 묻히겠다는 각오로
문구점에 진열된 노트의 첫 페이지처럼
많은 이가 만졌다 복잡한 냄새를 묻히고 왔다

티브이 화면에서는 장수견 찡코가 주름 가득한 콧등을 씰
룩거렸다

행잉에게는 처음부터 눈동자와 발이 없었다
그러나 길고 아득한 부리
너는 이상한 족속을 만난 것이다 슬픔이 고안한 몸,
그편이 더 아름다울 것이라는 벌목공의 미학

이족 보행에 미치지 못한 나무

바람은 행잉에게서 발생하고 있다
길고 아득한 부리로 고도를 물어다 옮기며
스웨터의 씨줄과 날줄 틈새에
뜨거운 입김을 불어넣고 있다

창문을 열자마자 흔들흔들
　날아가는
　　흰
　　　종이

맛

핥고 싶냐고
화면 속 여배우의 희게 빛나는 치아들 중
하나만 누런 송곳니

탁자 위에는 사과벌레가 축축한 이불 밖으로 종아리를 뻗
는다
태어나보니 사과 속인 것

잠의 호두 껍데기를 부수고 깨어나 오줌을 눈 다음
손까지 씻고 다시 잠드는 사람처럼
꿈이 기성품*인 것

4인 가구의 칫솔이 네 가지 색깔이듯
1인 가구의 칫솔도 어제와 침 섞지 않는데

통조림 속에서 미래의 혀가
미래에는 미래의 맛이 있다고

나는 벼룩을 입에 문 복잡한 심경으로
그것을 기다렸다

마침내 사과를 탈출한 사과벌레는
모자도 쓰고 있지 않았고 웃지도 않았다

조금 갸웃거리다 다시 사과 속으로
파고들었다

* 크리스 마커, 〈아름다운 오월(Le Joli Mai)〉에서.

신은 웃었다

취한 차라투스트라의 등을 두드려주었다 전신주에 기댔더라면 좋았겠지만 나는 반듯하고 단단한 사람이니까 세상의 모든 전신주만큼 믿음직스러울 수밖에 없겠지

차라투스트라에게 내가 무수한 전신주 중 하나의 전신주에 불과하더라도 모욕일 리 없다 차라투스트라의 토사물을 손으로 받았을 때 반듯하고 단단한 사람의 어쩔 수 없음에 감격하여 조금 울 뻔했지만 나는 차라투스트라의 구토를 손바닥에 올려보기 위해 태어난 것이 분명하다 차라투스트라의 과거가 마침내 나의 손바닥 위로 폭발한 것

그렇다 차라투스트라의 미래를 제외한 차라투스트라의 모든 것, 그의 위장에서 식도를 타고 구강을 열고 나에게로 쏟아진 것 차라투스트라는 눈이 멀어버렸다 그의 모든 빛이 내 손아귀에 있기 때문이다

밤의 토실토실한 손가락을 쥐고 세계 흔들어보는

대강대강 잎사귀를 늘어뜨린 층층나무 있었고

차라투스트라는 말했다 자네는 부끄러움이 뭔지 아나
아름다움과 비슷한 거냐고 되물으려다 그가 하찮게 보이기 시작했다 꼭 쥐고 있던 빛 때문에 그의 곰보 자국이 더욱 잘 보였기 때문일지도 모른다 자고 가기 싫어요 밖에서는 똥도 못 누고 곱슬거리는 머리카락을 드라이할 고데기

도 없고
　옥신각신

　거절당한 차라투스트라는 세상의 모든 전신주에 가로막
힌 듯 고독을 만끽해본다 고독에는 차라투스트라와 어울리
는 도저함이 있다 고독은 자존심이 세며 스스로 눈멀어버
리는 것이며 암흑 속에서 더 잘 보이는 부끄러움을 아는 것
나에게는 부끄러움이 없지만 차라투스트라에게서 수여받은
빛과 약간 찝찝한 손이 두 개씩이나 달려 있다

　미화원은 단 한 번도 차라투스트라를 힐끔거리지 않고 새
벽안개의 실오리를 풀어내느라 여념 없었지
　이 새벽은 누군가에게 끝없이 보고되고 있을까 왕 노릇에
심취한 아버지라든가 활자 중독자들에게
　그들에겐 삶의 목적이 될까 잼잼거리는 재롱이 될까
　층층나무 아래 우렁차게 곯아떨어진 차라투스트라의

　몰락이 내 손바닥 위에서 빛나고 있다
　얼굴을 묻었다

레이스 짜기

꽃구경 가고 싶다
맛있는 거 먹고 싶다

컵 위에 포개진 컵
컵 위에 포개진 컵
몇 번이고

물을 등지기 위한 사물의 방도

살아 있는 입이 벌어지는 것을 보면 두렵다
언젠가 저 입은 나를 성가시게 할 것이다

꽃구경 가자
맛있는 거 먹자

고깃집 불판을 닦는 소년에게서
메시지가 도착한다

—나 너무 시달리고 있어

모조 나무를 휘어감은 크리스마스 전구들이
잎사귀에 빛을 물린다 어둠도 없이
환한 젖가슴을 내어놓고서

—성탄절은 넉 달도 전에 지나가지 않았어?

삼박자

나무의 성장은 무엇으로부터의 탈출일까

신경질적인 옆집 여자가 갑자기 온순해진 뒤로 기도하는
소리만 들려온다
마당에 옮겨 심은 호두나무는 벼락을 맞고 비싼 값에 팔
려나갔다

기도에 응답하신 거야
여자가 말했다

천국에 있다는 호텔은 방이 무한대인데
여자가 천국에 도착했을 때 방은,
착하게 살다 죽은 무한의 사람들로 꽉 차 있었다
여자는 차분히 지옥으로 걸어들어갔다
벼락으로 응답한 신에게 보답하기 위해

악의 방을 위로하는 최악의 방은 무한히 넉넉하다

연못을 향해 과자 부스러기를 던지면
흙탕물 위로 뻐끔뻐끔 비단잉어들이 떠올랐다
여자가 입을 벌리며 물어왔다

평범한 사람들도 이, 사랑이라는 아름다운 감정을 알까요?

지옥을
공간이라고 믿는 사람들과
시간이라고 믿는 사람들이
나를 가운데 두고 어리둥절해진 채 서로 바라보았다

여름이 오다

콘센트 속에 쇠젓가락을 쩔러넣은
취급주의의 어린이는
지금쯤 얼마나 빛나는 손가락을 펼치고 있는가

열까지 세었을까
짜릿하게

밤의 머리숱을 뒤적이다 골라낸 흰 머리칼들
그대로 두기만 해도 소원이 이루어질 것 같았거든

열을 세고 눈을 뜨는 술래처럼
멈춰 있는 계절

산꼭대기에 버려진 개들이 개구멍을 띄워놓고
조금씩 핥으며 주인을 기다렸지

열 밤 자면 돌아온다던 부재자처럼

왜 태양은 이토록 많은 귀를 펄럭이는가
더 많은 개들이 차가운 코를 비빌 수 있게

왜 벽시계의 초침은 달의 콧잔등 위로 지나가는가
더 많은 기다림이 간질거리도록

열밖에 외울 줄 모르는 백치처럼

저녁만을 기억하는 뻐꾸기의 눈이 멀어버렸지
열리지 않는 벽장에 머리를 받으며

잎사귀에 뚫린 구멍으로
꽉 들어찬 햇빛

다이얼

모두 누울 때를 기다렸다가
연주를 시작하는 나팔수가 있다

대낮에 주우러 다닌 탄피
눈 감기를 기다렸다가 눈꺼풀 안에서
눈부신 방아쇠를 당길 것이다

돌팔이 의사의 레이저 포인트
한밤중 벽돌을 들고 초인종을 누르는 이웃처럼

사랑은 거 좀 조용히 나눕시다
밤의 가로등에 열심히 지장 찍는 각다귀들
놀러간 집 벽거울에 한 번쯤 손자국을 남겨보듯이

슬픔마다 자신만의 미봉책을 마련해야 한다

침대에 바퀴가 달렸다는 건
아침을 피해 달아날 준비가 되었다는 것
해가 뜨지 않는 곳에서 눈뜰 수도 있다는 것
죽음의 사자가 옆집 소파에 누워 빈둥거려왔다는 것
의자에도 신발에도 바퀴를 다는 부드러운 의지

둘 다인 것으로 하자 마중과 배웅을

너의 손을 잡고 여기까지 끌고 온 일을

미용실 불 꺼진 창가로 마네킹의 머리
장발과 민두와 민두와 장발과
내일은 커트하게 될 거야
막차를 놓치는 바람에 도착하지 못한 몸뚱이가
우아한 모자를 들고
오는 중이라고

울창한 여름 밀서 사이로 새들은 사랑을 나눈다
나누다 지쳐서 죽은듯이
잠들고 죽은듯이 입을 다문다

다행히 아무도 응답하지 않았다
또다시 아침
꼭 쥐고 잠든 수화기 너머로부터 당도한

적록색맹에게 배운 지혜

냉동 보관이라면
얼마나 더 삽니까
이 사랑스러운 아파트식 병동에서

듣고 싶지 않아요
미끈거리는 녹색 괴물을 때려잡으려고
고무장갑 끼고 나선 영웅 이야기

잠든 부모의 심장에 도끼를 꽂아넣은
흔한 어린애들 이야기

도낏자루가 핏물을 흠뻑 빨고 자라나
붉은 숲이 되는 이야기

맡고 싶지 않아요
당신은 조향사를 찾아가 애원한 적도 있습니다

사람 냄새가 매일 밤 담장을 넘어요
참을 수 없는 건
다시 돌아온다는 것
아침이면 내 옆에 곤히 잠들어 있다는 것

냄새를 남기지 않는 냄새를 찾아

극지의 불씨를 들고
인간의 가장자리로 걷습니다

나는 얼마나 오래 살았던지
불태우고 싶은 것을 만날 때까지 걸었고
영원히 쉬지 못했습니다

어떤 자들은 불붙지 않으려고 빠르게 걸었습니다
이마 위로 붉은 땀이 뻘뻘 흘렸습니다

여름의 거리에는 여름의 사람들이 몰려나와요
싱싱한 코를 손에 꼭 쥐고서

잠실

잘 놀다 갑니다
동물 귀 머리떠를 쓴 여자애들이
부활절 달걀처럼 나란히 놓여 졸고 있다
입을 벌리고

묶음을 운반하던 열차가 떠오른다
빨간 폭약이라도 되는 것처럼

이봐요 애가 울잖아

네 울음이 입술의 짓인지
목구멍의 짓인지 알려주렴
왜 우는지라도 알려주렴

아무래도 내 애가 아닌 것 같아요
제발 자라 제발 자라 제발 자라

입술을 닫아두어도
시커멓게 열린 목구멍으로
꾸역꾸역 미끄러지는 어린 양들
그림자를 깔고 앉아서
다릿심이 붙어도 일어나지 않는다

문득 자다 일어나 빵 봉지를 뜯는 사람
먹으려고 입을 벌리고
삼키려고 입을 닫는 모양
입가에서 카스텔라가 죽죽 흘러내린다

두고 오는
고대인의 장례 풍습처럼
문이 열리면 바깥에서 안으로
빛이 던진 뜨거운 장대
내릴 사람들이 그 사이를 빠져나간다

나는 볼펜 꼭지를 누르지 않고 받아 적어보았다
손바닥 위에서 목장을 벗어난 검은 양들이 울고 있다

뭐라고 그러는지 알 수가 없다

이석

손목시계의 분침과 시침 사이에 잘못 끼어든 티끌처럼
귓속에 돌이 자란다 움직일 때마다
위독한 방향의 초침 소리가 더 크게 울린다

죽어가고 있는 줄 뻔히 알면서
죽고 싶다고 오물거리는 금잔화보다
멀쩡한 구석이 남아 있지 않은 줄도 모르고
건강 체조에 열중하는 노인들의 손뼉 소리가 큰 거

크게 울려퍼지는 거

굶주린 자들보다 아침부터 소화가 안 되는 얼굴을 한
꽃*이
솟구치는 것들보다 곤두박질치는 것들이

많은 말을 하는 거

많은 말을 했다는 사실 때문에 나는 휘청이고 있다
날개끝을 조금 잘라주는 것은
안전하게 애완조를 키울 수 있는 방법이라고 한다
말려들어간 혀가 목구멍을 꽉 틀어막는 상상

병조림 속의 이상하고 아름다운 눈동자

눈꺼풀 깜빡이는 소리조차 없다

* 오규원, 「아침부터 소화가 안 되는 얼굴을 한 꽃에게」(『왕자가 아닌 한 아이에게』, 문학과지성사, 1978)에서.

잠을 뛰쳐나온 한 마리 양을 대신해

그때 아침 태양은
당신의 얼굴을 얼마나 자세하게 깨무는지
오줌싸개 천사의 발밑에 고인 동전처럼
얼마나 자세하게 외로운지

양을 대신해 깨어나는지

꿈을 질겅거리며 거리를 걸어가는 자들
크고 작은 전쟁의 병사들
가장 먼저 죽는 행운을 빌었지만

잠을 뛰쳐나온 한 마리 양과 함께
끝까지 살아남아 매매 우는지

태양이 가장 높이 떠오르도록 깨어나지 않는 나는
잠 속에서 애써 혼잣말중이다
난 살아 있지, 살아 있구나
외워놓지 않으면 잊어버릴 수 있는지

이 또한 양을 대신해

심연이라는 장소가 있다고 들었다
당신의 가슴에 손을 뻗어도 손톱 끝인데

그 많은 양들은 어디서 모았지?

젖은 속눈썹같이 얌전히 자라는 슬픔도 있는지
그렇게 빛이 드는 골목도 있는지
하루종일 아침인 어린양을 대신해

밤의 이야기

장례식장에서 신고 온 남의 구두
발이 큰 사람이 나를 걸어 넘어뜨렸다
친구들이 낭떠러지에서 무럭무럭 떨어지는 사이
나는 보도블록 위로 걸으며
더 깊은 맨홀 속으로 빠지며 움찔거렸지

낮게

도둑맞은 자전거가 어디에서 어디로
내 더러운 발을 운반하고 있는지를
저녁의 골목이 확인시켜주는 것
우리가 어떻게 태어났는지 알려줄까

가로대를 뛰어넘는 높이뛰기 선수와 같았을까
나는 도움닫기중에 넘어진 무릎일까

조용히

맨홀 뚜껑을 밟을 때마다 눈을 감았지
밤새 운 것이 고양이인지 갓난아기인지 궁금해서
창밖으로 고개를 내밀었을 때
가로등 아래 구두가 뿔나팔을 불고 있었다

어느 날 너는 치맛단을 찢어 나를 감쌌다
물려받은 기계 주름으로 옷으렴 크게
그날 장례식장에서 신고 온 구두가
틀림없이 내 구두라는데

가족사진

가족사진 속의 인물들이 앉거나 서 있다
매 순간 떠날 것을 다짐하는 앉은뱅이도 있다

나는 불행이 방문을 닫고 나갈 때까지 가만히 지켜본다

한 사람이 아프면 너도나도 약을 먹었다
우리 모두의 것이 틀림없다

3부
이렇게 긴 오늘은 처음입니다

해는 중천인데 씻지도 않고

내가 돌아오지 않는군
벽에 드리운 오후

거위는 자신에게 뒤통수라는 것이 있다는 사실을 까맣게
모르면서
뱃속에 돌을 모아 작은 해변이 될 계획을 세운다

그러나 먹어야 할 것 외에는 먹지 말아야 할 것
돌의 뒤통수는 대장공의 망치 속에 웅크리고 있지

해변과 왼손잡이용 식칼의 거리만큼 큰 바위가 될까

꿈속에 잠긴 이마를 오래 누르고 있으려고
절정을 만들지 않은 자장가
창틀에 걸터앉아 두 다리를 흔들고 있는 유령들

살아 있는 척

생일을 따서 만든 비밀번호는 물론이고
오늘이 오늘인 것
내가 나인 것까지
태어난 일과 죽은 일까지 망각하기

뒤통수를 들고 외출한
내가 영영 돌아오지 않을 작정이군

현관으로 입장하지 못하는 슬픔은 창문을 통하지
슬픔, 운다, 오래오래, 흑흑
창유리에 파리 한 마리 곤두박질치는 소리

시간은 코앞에서 흔들리는 탐스러운 엉덩이
올라타고 싶은 순간과 걷어차고 싶은 순간으로
뒤뚱거린다

돌멩이를 삼키는 거위처럼

나는 미사일의 탄두에다 꽃이나 대일밴드, 혹은 관용, 이해 같은 단어를 적어 쏘아올릴 것이다*

내가 떨어지는 것을 보고 있다
사고 현장에 우두커니 서서

나는 왜 떨어지고 있는 것인가 점심은 먹고 떨어지는 것인가 옷매무새는 잘 여미고 떨어지는 것인가 몇 층에서 떨어지기 시작한 것인가 나는 내가 떨어지는 모습을 처음 목격하기 때문에 내가 떨어지는 것을 끝까지 내버려둔다 떨어진 것이 내가 확실한지 알기 위해서

난간 위에서 누군가 외친다
밑에 떨어진 사람 없어요?

아직 다 떨어지지 않았지만 일단은 나라고 해야 하는 것인가 떨어지는 나를 지켜보는 중인 내가 나라고 해야 하는 것인가 이미 누군가 떨어진 적이 있다면 그것도 나라고 해야 하는 것인가 이미 떨어진 사람이 파다하다면 내가 파다하다고 해야 하는 것인가 과거에 떨어진 나를 수습하기 위해 떨어지고 있는 중인 나를 그만둬야 하는 것인가 이렇게 오래 떨어지고 있는 중인 나를 사람이라 불러도 괜찮은 것인가

내가 도착하지 않는다 운동화와 뿔테안경이 도착한 지 한참 지났지만 내가 도착하지 않는다 가발과 속눈썹이 찰랑찰랑 내려앉은 지 오래됐지만 내가 도착하지 않는다 손발톱

과 치아가 후드득 쏟아진 후에도 내가 도착하지 않는다 가
슴과 엉덩이, 눈동자와 눈빛이 뭉개진 후에도 내가 도착하
지 않는다 전봇대마다 실종 전단이 들러붙은 후에도 나는
도착하지 않는다 내가 나를 지나가버린 것을 끝까지 모른다

　　내가 떨어지는 것을 지켜보다가 꾸벅꾸벅 존다
　　꿈결에 사고 현장을 벗어나버린 줄도 모른다
　　걷는다 어딘지도 모른다

* 사실상의 인간, BINA48의 말.

우리는 친구

울지 말고 잘 들어
내가 말했기 때문에 울기 시작한 것이라면

극적으로 병들고 싶었지만 절반쯤은 건강하고 싶어서
절뚝이게 된 사연이라면

불쑥 튀어나온 그림자가
골목의 어둠보다 더 어두웠기 때문에
빛이 남았다고 믿었던 거라면

검은 나무가 발밑에 흘리는 노란색을 집요하게 바라봤다면

봉합 수술을 마친 검지가 의심을 멈출 줄 모른다면
엄지가 제멋대로 치켜올라간다면

내 잠든 모습을 모사하는 우정에 익숙해지지 않는다면
흰 종이가 중력에게 밀고하는 동안 꾸벅꾸벅 졸았다면

새우를 물귀신이라고 믿는 아이들이라면

짐승과 사물들의 소리를 받아 적을 모국어가 충분하지 않
다면
그래도 상관없다면

슬픔을 고백하기 전에 침묵 먼저 배우지 않았다면
네 트럼펫에서 황홀하게 떨어지는 침방울이 내가 아니라면

북

낮과 밤이 뒤엉켜 서로의 체취에 뒷걸음치듯이
옷깃 속에 집어넣은 머리는 온데간데없군

아, 고소한 피부

아픈 날에는 모든 사물이 하나로 보였지
실성한 사람의 섬망처럼 입술을 비집고

이런 날에라도 얌전히 있어라
다른 사람에게 피해주며 살지 말아라
그런 가르침은…… 쓸쓸하니까

너는 여기서 나와 학교에 가고
너는 거리로 나가 구걸을 하거라
너는 친구를 만나 우울과 중독에 대해 진실하게 떠들어라
너는 바늘 끝에 올라 춤추는 가장 작은 발
남은 너를 어서 삼키렴

꿈에서 만난 여자의 눈동자는 아름다웠지
그녀는 사라지고 내가 뱉은 감탄사만 울려퍼졌지
그녀의 눈동자는 밤의 식염수 속에서 깜빡깜빡 울고 있
겠지

감시해야 할 내가 많아서 눈감을 수 없는 것이다
곳곳의 나를 거둬들이느라 목청이 쉬었다

고개를 돌리면
뒤집힌 외투 주머니에서 먼지가 피어오르고
빛은 낱낱이 비추었다
두드려도 텅 빈
나만 남은 소리가

한 사람이 낼 수 있는 최대한 많은 소리가

진술서

둘러앉았다 빛의 말뚝에 묶인 흑염소처럼
그 시각 공터는 피둥피둥 굴러가고 있었겠지만
과도를 든 태양이 자신의 허리를 돌려 깎는 중이었겠지만
우리는 아무것도 몰랐다

주머니 속의 푸른 자두가 붉은 과즙을 흘릴 때까지
어둡기를 주저하지 않았다
아무것도 몰라서

누군가 웃었던 것 같은데
큰곰자리와 작은곰자리를 이어
죽음을 푹푹 퍼올린 것 같은데

둘 셋 넷 혹은
다섯부터 열까지도 사랑하는 게
우리의 내력이니까
단 하나의 비스킷에 모여든 불개미들처럼
단 하나의 공포밖에 몰랐으니까

둘러앉았다
존중할 수 없는 것들을 존중하면서
충분히 곤란해하면서
표범의 송곳니처럼 성큼 다가오는 웃음도 섞였던 것 같다

흐흐흐
우는 소리로 웃지 말라고
좀

우리 중 하나가 그런 말을 했던 것 같다

어디든 나가볼까
우리 중 하나 죽어나갈지 모르겠지만
태양은 자신의 허리를 길게 길게 돌려 깎는 중이겠지만
공터의 빛은 끊어질 리 없겠지만

화병에 꽂힌 해바라기를 자세히 들여다보다가
우리 중 하나 코를 박고 킁킁 냄새 맡았던 것 같다

빛의 기둥에 묶인 순한 염소들

이거 아직 살아 있을까
다 듣고 있을까

냄새가 피어올랐다

실패한 번역

태양의 줄무늬를 밟고 공중에서 넘어진 일
넘어짐으로 넘어간 붉은색 카펫
작은 새, 작은 새, 작은 새, 그리고 약간의 새
이 노을을 붕새*의 날갯짓이라 부르는 자라면
역시 시인이다

책가방의 어깨끈을 양손에 꼭 쥐고
악독을 구경하러 나온 유흥가의 안경잡이처럼
비탈길 아래로 눈동자를 밀어내는 돌들

두 번 작별하기 위해
액자 속에 사진을 끼우고 오래오래 잊어버리는 일
사방의 벽, 좌로 벽, 우로 벽, 위로 아래로
갇혀 있는 줄도 모르고
작은 새들이 굴린 방향으로 굴러가는 구름처럼
잠들어 있다

시소 위의 깃털, 깃털, 깃털, 약간의 흑색 깃털
가슴에선 숨 찢는 소리
부지불식간에 나타나
검은 꽃을 쥐여주고 달아나는 밤

소중한 비극을 뒤져 발견한

단 한 방울의 눈물이 전혀 특별하지 않아서
남은 일생 열심히 울겠지
역시 시인이란……

* 장자, 「소요유편(逍遙遊篇)」에서.

맨드라미

무슨 냄새가 날까요 당신의 입속에서. 바람이 옷 속을 파고들었어요. 불룩한 가슴. 꼬리를 흔들며 킁킁거렸어요. 냄새나지 않는 인간이 되고 싶었거든요. 향기를 외면하고 싶었구요. 내가 지워질 때까지 닦았어요. 몸의 경계가 허물어질 때까지. 그러다가

거울 속에서 이상한 사람을 만났습니다. 흰 치아를 딱딱 부딪치며 비춰보고 있었어요. 붉은 거품을 뱉었어요. 믿을 수 없었어요. 주름을 내내 펼치고 다녔다는 것. 킁킁거리는 혀가 꽂혀 있다는 것. 심장이 붉다. 뜯어졌다. 뜯어진 심장을 얼굴에 지녀왔다는 것. 양치컵의 테두리에 흰 거품이 말라가고 있어요.

얼음에 입술을 대보았을 때. 영영 떨어지지 않으리라곤 생각 못했어요.
그림자가 포개질 때. 큰 귀가 축 늘어진 땡큐라는 이름의 옆집 개처럼
울음이 컹컹 터지리라곤.
입술이 뜯긴 채로 계속 살아 있게 될 것이라곤.

치(齒)

하나는 안다
열까지는 모르고
창밖에 비가 온다는 것은 이곳이 수조의 내부가 아니라
는 것이다
사람과 점심을 먹는다

토끼를 키우고 싶지만 토끼의 고독사가 두려운 사람과 점
심을 먹는다
토끼를 키우고 싶은 사람이자 반드시 토끼를 고독하게 만
들 예정인 사람이라거나
토끼를 키우고 싶은 것과 별개로 토끼를 사랑하지 않는
사람이라거나
열은 모르지만
토끼 이야기에 열중하는 사람이라는 것은 안다
점심을 먹는 사람에게 토끼는
긴 귀와 짧은 꼬리와 알비노와 간 그리고 기능성 앞니가
아니며
소동물치고 크게 자라는 덩치와 공격적인 번식력과 20세
기 대량학살 대상은 더욱 아니다
다만

나는 토끼가 귀엽습니다
; 이 문장은 이상하다

토끼를 귀여워하지 않는 사람들로부터 토끼를 귀여워하
는 자신을 소외시킨다
우리는 토끼가 귀엽습니다
; 이 문장은 틀렸을뿐더러 토끼의 기분을 상하게 한다

눈앞의 적을 향해 온힘을 다해 멸시와 저주를 퍼붓는
그것이 토끼랍니다
어차피 잡아먹힐 것이라는 사실 하나를 스스로 잘 안다
는 증거이지요
목구멍으로 커피가 한 방울 굴러떨어진다
토끼의 최선과
목구멍의 최선

점심을 먹던 사람이 카메라를 내밀며 말한다
행복한 기억을 떠올리세요 이를테면 토끼나 불로소득 같
은 거요

최선을 다해 웃어 보인다

렌즈 밖에서 비가 온다는 것은 이곳이 사진의 내부가 아
니라는 것
살아 있는 세계라는 것
하나를 안다

푸줏간의 창밖에 비가 오는 것은 모른다
빛을 향해 자라나는 토끼의 앞니를 모른다

대관람차

가방 속에 하나 이상의 거울을 넣어가지고 다녔다
누군가 내 이름을 부르면 줄곧 웅크렸던 귀가 툭 풀어질
것 같다
귓불에 살점이 붙던 시간은 왜 기억나지 않을까

바람이 태어난다고 믿게 되는 장소
부드러운 거절을 위해 빼곡히 심어놓은 나무들

세상의 모든 미로는 인간의 귀를 참조했다
누구도 자신의 귀를 본 적이 없어서
뭐라고? 뭐라고? 미로 속에서 소리치는 사람들이
메아리와 함께 희미해지네

거울의 내부에는 가방의 내부가 있고
바람의 내부에는 헝클어진 머리카락
매달린다는 것은
동심원의 가장 먼 주름으로 사는 것

막다른 벽이라 생각하세요
결국 빠져나갈 거라면 최대한 긴 과정을
출구 앞에 펼쳐놓을 것입니다

귓속에 이름이 쌓여 있을 것만 같다

누군가 내 이름을 부르면 잠자코 웅크렸던 수인들이
일제히 귀를 허물고 쏟아져나올 것 같다

환상통

한 발짝 앞으로 반 발짝 뒤로 증기기관차처럼
시간을 그냥은 못 봐주지 더 많이 흔들기 위해

말랑한 복부에 꽂힌 주먹이 아름답게 다루는 아코디언
소리
혼자 듣고 윽윽 쓰러졌다

종주먹을 던지며 잠에서 깬 나는 아무도 다치지 않아서
놀랐다
검은 연기가 흰 연기를 뒤집어썼다

한입만 깨물고 던져버린 홍옥
분수대 위로 떠오른 잇자국
저기야, 무지개
누군가 딱딱해진 껌을 뱉으려고
첫 페이지를 찢어간

나보다 오래전에 살았던 사람들이 우르르 구경 온다

줄기가 마르는 병에 걸린 밤나무
소금기를 핥아줄 차가운 혀를 기다리는 목덜미

그림자 속에서 눈동자가

오랫동안 깜빡이고 있었는데
왜 아무도 몰라줬을까

아코디언

착하고 외롭게 산 사람들만 불러들여 천국을 건설하겠다
는 아이디어는 착하고 외로운 사람의 것이었을까 빌라와 빌
라 사이에 의자를 내어놓고 앉아
　빌라와 빌라 사이를 벌리는

외로운 노인이 흔해빠진 골목
늘어난 러닝셔츠를 누렇게 적시면서

곧 녹아내릴 눈사람을 생각하는 겨울보다
아직 태어나지 않은 주물공을 생각하는 여름이 좋았다

배꼽까지 빨간 아직은 예쁜 것
풍선을 쥐고 지나가는 예쁘고 어린 것

바람이 불었다 날아가는 붉은색 풍선을
날아가게 두었다 쌓아올린 돌들이 와르륵 무너지면
다시 공들일 것이다 바람일 뿐이므로
움켜쥔 손가락을 하나하나 펼치는 것이
바람의 일이므로

멀리서 한 사람이 걷고 있다
다가오는 것인지 멀어지는 것인지
알 길도 없이 오래도록 제자리에서

두 개의 허파가 천천히 부푸는 것을 느끼면서

구충제 먹는 날

머리 가슴 배가 감춰두고 키운 혀끝 손끝 발끝

밤에는 쪽지를 접고 낮에는 접은 쪽지를 펴는 착한 벌레들
애인을 자취방에 처음 초대한 스물몇 살처럼

네가 있으니까 꽉 찬다
촌스럽게 관자놀이를 긁적이는 솜씨는
옆구리가 붙어서 태어난 나의 쌍둥이가 어딘가에서 잘살
고 있을 거라고 믿게 만들지

먼 곳에서 철로 위의 자갈들이
열차를 기다리며 정리해보는 반사반생(半死半生)

해 질 무렵의 하루살이들은 얼굴의 구멍을
빛이라고 믿었다가
물이라고 믿었다가

통통한 혀를 내밀고
천국의 부스러기가 혀끝에 닿기를 기다리는
저 아이들에게도 더이상 할말이 없다

유기농인데 이렇게 막 죽여도 됩니까?
너는 너의 것이

너는 너의 것

자유로

　토지는 둥급니까 각졌습니까 흙입니까 아스팔트입니까
무엇이면 어떻습니까 땅바닥에 꽃다발이 놓여 있으면 슬
픈 것입니까 짐작합니까 심상합니까 두리번거립니까 어린
애 손등에 판박이 스티커가 갈라져 있는 것을 본다면 어떻
습니까 하트가 십육 등분 되어 있을 때 다행입니까 꽃돼지
가 삼십 등분 되어 있을 때 맛있습니까 어차피 슬픈 것입니
까 모르는 사람이 보낸 퀵서비스처럼 온종일 그것만을 생
각합니까 꿈의 절취선을 오리러 온 오토바이에는 누가 타
고 있었습니까

　여고생의 책상 위로 얼떨결에 불려나온 유령의 맨발은
　사인(死因)을 기억합니까 낮밤으로 황천에 발 씻고
　흰 이불을 이마까지 끌어다 덮듯이
　다시 죽습니까 잠꼬대하듯이 이승을
　다시 중얼거릴 때 있습니까

　그곳에도 일요일 오전부터 결혼하는 망자들이 있습니까
검은 예복을 갖춘 자들이 스무 명 이상 모이는 자리마다 빽
빽거리는 어린애 두세 명쯤 오고 그럽니까 흔들리는 이빨
에 명주실을 매달고 뛰어다닙니까 흰 선분들은 아름답게 엉
킵니까

　이렇게 긴 오늘은 처음입니다

4부

별 뜻 없어요 습관이에요

시

약속을 정한 순간부터 나는 늦고 있다 각자 미래를 적어
오기로 한 순간부터 나는 빈손을 덜렁덜렁 흔들고 있다 이
게 뭐람 이럴 거면 왜 미래를 약속한 거람 시는 이미 애가
타고 있고 나는 이미 엉엉 울고 있다

큰일났다 나 있지 다 죽은 것처럼 보여 인간이기를 포기
한 것처럼 미소를 잃어버려
아직 서른네 살밖에 안 먹었는데

훔쳐보고 싶은 게 아무것도 없는 시
아무것도 훔쳐보고 싶지 않은 사람

둘은 다르지 서로의 구멍으로 들어가
하나의 눈동자가 되더라도
구멍 속에서 구멍을 지우더라도

천사의 고리가 죽은 철사로 보여? 죄가 미소 짓는 것처
럼?
와우산 근린공원이 죽은 두더지처럼 보여? 정오의 커튼
이 밤인 것처럼?
쌓아올린 책더미가 뒤로 물러난 것처럼? 시가 누락된 통
지서처럼?
한 줄도 살아 있지 않은 것처럼

절망을 정말로 오기(誤記)하고 믿고 망가져버리기
어깨 위가 사라지는 꿈속이다

그래서 어쩔 작정이야? 엎어진 큰일을 어떻게 주워담을
셈이야?
반으로 쪼개진 나무젓가락 한쪽이 국물 속에 있다 소리나
는 R 냄새나는 L
짝을 맞추려 하면 한쪽 끝만 붉게 물들어 있지 쪽쪽
이 맛은 나무였단 말이군? 겨우 살아 있는 것처럼 보여

인간이기를 좋아하는 것처럼 미소가 끊이질 않는다
천사의 고리에 고개를 넣어보는 일처럼
와우산 근린공원의 땅굴 속에서 고개를 내밀어보는 두더
지처럼
정오의 커튼이 무수한 구멍이라면
어느 구멍을 골라 들어가야 할까

절망은 몇 개의 얼굴을 돌려쓰며 찾아왔다
머지않아 나에게 무성의해진 절망은 단일한 얼굴로 방문
하기 시작한다
어깨 위를 들고 온다

착한 기린의 눈

울타리와 대결하려는 사람은 그 과정에서
자신의 목뼈를 일곱 마디로 분절할 수 있다고 믿다가
정말로 그렇게 한다 믿음은
피도 눈물도 없는 광물

실수투성이 광물 장수가 떨어뜨린 푼돈 같은 구름
지상의 최장신인 기린의 눈앞에 펼쳐져 있다 무심하게
먹구름이 손톱 밑을 파고드는 호주머니의 세계

털구름을 올려다보는 자들의 미래란 기린이며
자신의 본진이 지옥과 가깝다는 사실을 망각하는 자들이
기린을 낳을 것이다 믿음은
미치광이의 입천장에서 자신만만하게 쏟아지는 낙수

지상에 발이 닿는 순간부터
지상을 거부하는 육체를 거느리며
차라리 휘청인다 고꾸라지기를 망설이지 않는다

기린이 팔을 호주머니 속에 뻗어본다 몇 개의 동전과
손톱 밑을 파고드는 먹구름
한없이 바닥으로 떨어지기엔
형편없이 짧달막한 팔
호주머니의 세계를 휘젓는다 기어나올 생각이 없다

울타리를 벗어나기 위해서는 더 아득한 울타리였어야 했다
더욱 깊은 호주머니였어야 했다 아직도 기린이기 때문에

태양을 향해 머리를 치켜드는 것으로
심장을 움켜쥐는 수집벽
색깔별 취향

엉덩이를 채찍질하는 무뢰한은 어디에나 있다
저기 아랫동네에서 심상치 않은 일이 벌어지고 있지만
하등 중요하지 않다
기린의 눈앞에 펼쳐진 사건은 그런 것이 아니다

너무 느리게 생각하고 너무 급하게 돌진하는 코뿔소*

키우던 개의 이마에 뿔이 돋아나기 시작했다
너무나 날카로웠기 때문에 개는 외로워졌다

나는 아끼던 개를 개집에 가두고
검색창에 개의 뿔이라고 적었지만

그것에 대해 잘 아는 자가 없었다

뒤뜰에 핀 장미넝쿨에서 가시를 꺾어
내 콧잔등에 붙였다

사각형의 액자 속에서 사각형의 꿈들이
모서리를 긁적이며 거침없이 굴러다녔다

장미의 계절이 지나도
계속해서 코뿔소가 태어났다
코뿔소가 죽은 자리에 장미덤불이 뒹구는 것과는
다른 일이다

모든 것이 뿔이게 되었고
모든 것이 다른 모든 것을
겨냥하게 되었으므로

조심스럽게 말해야만 했다
나 너 같은 애 알아

* 페터 빅셀, 「아무것도 더 알고 싶지 않았던 남자」(『책상은 책상이다』, 김광규 옮김, 문장, 1993)에서.

겨울에 쓰는 여름 시

여러 가지 스타일로 말해보았다
죽고 싶다는 말을
비장하게도 어리게도 아름답게도
다만 죽고 싶게도 그러다
웃음이 터져나올 때까지

물들도록
한쪽 콧구멍에 쑤셔넣은 휴지 뭉치처럼
서서히 붉어지도록

그럴 리가 없다고 말해주었다
죽으려 해도 살게 될 것이며
살려 한다면 죽도록 살게 될 것이며

다시없을 폭설이 내렸다
겨울의 땅들은 훌륭한 건망증으로
이 페이지를 반듯하게 접을 것이다
작년에도 이렇게 추웠을까
올여름에도 작년 겨울에도 너는 변함없이 묻는다

마른 머리카락이 바람의 긴 손가락을 기억할 리 없듯이

작년 겨울, 작년의 작년 겨울, 작년의 작년의 작년의

겨울은 과거로 거슬러올라갈수록
머리가 검어지는 여자들 같다

흙골 사이로 벌레가 지나가서
찰싹 때렸는데 흐르는 땀이었다
처음 본 벌레가 벽에 붙어 울고 있었다

나는 아침밥을 먹으며 오들거렸다
겨울과 무관하게
이웃집 창문에 걸쳐진 티셔츠가 반짝였다

두 마리 앵무새가 있는 구성*

나의 묘비문은 나의 생애보다 개성적일 것이다
처음으로 모국어를 정확하게 사용할 것이다

정각의 날씨에는
생전에 열어둔 새장 속에서 새들이 날개를 털 것이다

부치지 못한 엽서들이 수신자의 눈동자에 맺힐 것이다
아침 창문의 나뭇잎을 적시기 위해 비가 내릴 것이다
잉크 위의 빗방울들은 자음만을 간직할 것이다

옷소매를 씹은 적이 없어도
골판지의 모서리 빤 적이 없어도
그 맛을 모두 알고 있을 것이다

호랑이 카펫의 감촉을 떠올리는
사라진 발바닥이 감미로울 것이다
꽃은 내가 보지 않는 곳에서만
향기를 떠벌릴 것이다

가벼운 지붕을 이고 흰 구름이 몰려와 비를 막아줄 것이다
두어 명은 눈물을 흘리면서도 닦아내지 않을 것이다

이름에 걸린 주술이 깨질 것이다

몇 걸음이면 살던 곳으로 갈 수 있지만
나는 그러지 않을 생각이다

* 페르낭 레제의 그림 제목.

은둔형 오후

맑은 날 비가 내리면 창밖을 봐주기를 염원하는 누군가의
기도가 통했다는 것
거울은 긴 팔로 방의 꼭짓점들을 끌어안고 있다
아무와도 연결되지 않은 핸드폰을 만지며
울고 웃는 한 사람을 지켜주려고

거울의 관심은 오직 자신뿐이지 그러나
은둔자의 관심사는 오직 외부에 있기 때문에
둘은 오랜 우정을 쌓을 수 있다

자나깨나 자신만을 비추는 거울을 문득 극복해보고 싶은
것이다
이렇게 맑은데도 비가 내리기 때문에
은둔자는 거울을 떼어다 골목에 내놓았다

가져가면 필요하시오 누구든 필요하시오
환영은 아무나

그는 방으로 돌아와
네 개의 꼭짓점을 백오십팔 개씩 겨누고 있는 서적들을
바라본다
그 위로 작고 부드러운 먼지들이 가라앉는다
거울의 민감한 팔에 붙잡히지 않으려고 둥둥 떠다니던

사각형의 책상과 침대
의외로 육각형인 강아지 얼굴
인중이 뭉개질 때까지 콧물을 훔치게 했던 피크닉의 기
억이
바닥에 잘 붙어 있는 것을 바라본다

허술한 태양이 자신의 꼭짓점을 놓칠 때
맑은 날 비가 내렸다

사선으로 내리는 비는 누군가 기도중이라는 의미일까
저주가 기도의 내용으로 부적격하지 않다면

우산의 어설픔 때문에 온 얼굴이 침 범벅인 행인들 사이
거울은 빗방울을 속기하고 있다
자신을 다시 주워오기 위해 헐레벌떡 뛰어올
한 사람을 지켜주고 싶어서

만성피로

영혼을 긁을 수 없어서 그렇다
가려움이 발생하는 지점을 그려놓은 약도
그걸 박박 찢으며 태어나는 바람에

목구멍은 오직 연명하는 방법만 궁리하고
밤에는 걸어 잠그니 도통 꿈을 흘릴 수 없지

숨죽이고 있으면 들린다 죽게 해달라고
물 밖으로 말을 꺼내놓는 물고기들

고기밥 너무 많이 주지 마라
낮에 엄마가 남기고 간 말이다
돼지와 돼지고기 사이엔 군침 흘리는 미식가가 꼭 있는데
물고기는 살아서도 물고기 죽어서도 물고기

엄마가 사랑하는 것들 중에
이름이 붙은 것과 아직 살아 있는 것은
오직 나뿐이다
지난달에 죽은 애들은 다니오
곧 죽을 이것들은 구라미인데

고기밥을 많이 주고 나빠지는 수질을 본다
몽땅 먹고 몽땅 싼다는 것일까

먹을 만큼 먹고 남겼다는 것일까
어떤 마음이건 열렬히 지지하겠다

어항을 돌본 대가로
펑리수와 효자손을 받았다 그래도
영혼을 긁을 수 없어서 가려움이 번지는 것이다
지느러미를 이리저리 비틀며 잠 못 드는
어항 속 구라미들

다시는 엄마의 살아 있는 것들을 돌보지 않게 해달라고
빌었다
날이 새고 말았다

기린을 보여주는 사람은 난장이를 숨긴다*

그러나 그는 난장이였으므로

집에 돌아와 엉엉 울게 됐다
밤새 희게 마른
구름의 침 자국을 지우려고
눈꺼풀을 깜빡거리면서

그는 난장이를 숨기기 위해
앞마당에 구덩이를 팠다
삶을 너무나 소중히 다룬 나머지
인간이 만들어놓은 지옥처럼
깊었다

그러나 그는 난장이였으므로
뒷문으로만 드나들게 됐다
고통은 상상력이 공들여 키운 관상식물
난장이는 은밀해졌다

껍질이 단단한 과육처럼
그는 집안의 사물들을 배치했다
살아 있는 눈을 가진 인형들은
공중에 매달았다

난장이의 실내장식이 독특했기 때문에
방문객이 끊이지 않았다
사람들은 그가 난장이임을
과도하게 되짚었다
앞마당에 묻힌 난장이의 목뼈가
조금씩 자라고 있었다

그는 모든 출입구를 봉쇄하고
난장이를 눈동자에 박아넣었다
두 번 다시 눈뜨지 않았다

기린과 맞먹는 사건이었다

* 앙리 미쇼, 「단편들」(『바다와 사막을 지나』, 김현·권오룡 옮김,
열음사, 1985)에서.

엔젤링

입술과 엄지손가락이 가장 먼저 생기더군요
하마터면 슬픔이라고는 못 배우고 태어날 뻔했어요

내가 나를 물고 빤 흔적이 쑥스럽습니다
엄지손가락을 안으로 말아쥐며

너 같은 자식을 낳아라
축생으로 태어나
하루종일 먹고 하루종일 잊어라
우리는 저주하기 위해
주먹을 풀고 기도하는 손
나도 내 다음이 기대가 돼요

자, 달걀을 쥔 느낌으로 손을 쥐어보세요
그래야 자연스럽습니다
사진 속의 애꾸눈이가 남기고 간 빅토리

손안에 가둔 알

왜 가슴을 쓸어내렸을까요
펼쳐진 손바닥은

기차역 앞

뚱뚱한 지갑을 엉덩이 포켓에 꽂은 사내들이
아무데서나 흰밥을 밀어넣습니다

방금 전에는 흰 구름이 흰 구름을 앞질렀는데

나는 주먹을 풀었다 쥐었다 하며
바람에 부러지는 나뭇가지를 보고 있어요

그런데 선생님, 열차에 오른 우리가
풍경을 향해 흔들던 손바닥은 어디에 멈추었나요

엄지손가락이 사라진 줄도 모르고 흔들리던 그 손은요

푸가

울지 않는 바람에 엉덩이를 얻어맞았으며 끝까지
울지 않아서 근심을 산 목구멍으로

기쁜 노루와 치욕스러운 노루 슬픈 노루와 웃는 노루 말고
여덟 번 다르게 읽어야 한다 노루라고 말해야 한다

완벽한 암흑 속에 이처럼 많은 눈동자가
빛을 깜빡이고 있다
속눈썹에 걸터앉은 난쟁이 우울

은으로 만든 포크와 나이프
살고자 하는 마음과 죽고자 하는 마음이
먹으려는 마음으로 챙챙 부딪친다
검고 드넓은 테이블 위에서

별들이 영혼의 스위치를 껐다 켰다 장난치는 것은
시간에 드라마를 추가하기 위해서다 인공위성은 과묵하게
환히 빛날 뿐 꺼지지 않을 뿐

대교 끝에 선 투신자가 몸을 던지는 찰나에
물위를 딛고 서는 기적을 꽉 붙잡는다
강을 구겨 신고 우뚝우뚝 걸어나가기 좋은 밤

여전히 같은 길가에 있다
붉은 우체통
속에서 쓰레기를 꺼내는 집배원과 함께
우체통이 사라진 거리에서도

회송 계획이 없는 우주여행에 자원한 탐사원들
송내역 승강장의 비둘기가 매일 같은 자리에 있는 것처럼
4-3 늘 같은 자세로 눈동자의 감성이 원하는 대로

기도하지 않는다

마른 무덤 앞에 쪼그려앉은 여자는
내일도 쑥을 뜯을 뿐 엉덩이를 반쯤 드러내놓고
환히 빛날 뿐 꺼지지 않을 뿐

노루라고 말해야 한다 여덟 번 다른 마음으로
마지막 서정을 미루어두며

한 남자가 마주선 여자의 어깨를 툭 치고 허공에 숟가락
질을 하자
여자가 검지와 엄지를 동그랗게 말아 보여준다
밥 먹고 갈까? 좋지
그런 의미가 아닐 것 같은

—

— 그럴 리 없을 것 같은

말없이 그곳에 있다
붉은 우체통

—

구경하는 집

이제 네 얼굴을 알 것 같아 네가 말하자
너의 얼굴이 사라지는 것을 보았다
너보다 먼저 가족이 있었다 가족보다 먼저 남자와 여자
가 있었겠지

우리는 벽을 사이에 두고 변기 위에 앉아 인상 쓰는 사이
고백을 마구 휘두르지 식탁 앞에 모여
죄를 속삭이는 것으로 허기를 잠재우지
너보다 먼저 네가 없는 가족이 있었다 가족보다 먼저 여
자와 여자가 있었겠지

각자의 이마에 사다리를 걸치고 반대 방향으로 멀어질 때
지붕 너머는 강이야, 네가 말하자
내가 바라보던 강이 숲으로 변하는 것을 보았다

나무들은 하늘을 올려다보고 알게 된 얼굴들을
몸속에 구겨넣는 듯 보였다
곳곳에서 무늬목이 탄생했다

춤

엄마는 육십 살이 되면서부터 무엇이든 열심히 먹었다 그
리고

파도가 치지 않는 해변의 날카로운
모래들은 무엇이든 잘게 썹었다 파도가
오지 않는 데에는 이런 이유가 있다

어제는 김씨가 죽었으니까
오늘은 황씨가 죽을 줄 알았다

밤의 냉장고 앞에 쪼그리고 앉은 어린이가
열 손가락에 딸기잼을 찍어 펼쳐 보인다 어떤
손가락부터 빨까요 누나

어둠 속에서
혼자 환한 냉장고 앞에서

창밖으로 소방차
소방차 소방차 소방차 지나가는 소리를 듣는다
구급차가 그 뒤를 따라간다

죽는 게 왜 무서워? 하고 물었던 친구와는 볼 수가 없다
안 살 거면 만지지 마라 했던 문방구 주인은 볼 수가 없다

볼펜 진열대 앞에서 잡고 있던 손을 동시에 놓았던 일

사이렌 소리 멀어져갈 때

신발을 신은 개가 앞발 뒷발을 번쩍번쩍 들어올리며 지
나간다
아주 뜨거운
아주 차가운
것을 밟는다는 듯이

입가에 딸기잼을 잔뜩 묻힌 어린이가
남은 손가락들을 물끄러미 바라본다

탈(脫)

바다에 가본 적 없는 바다를 데리고 바다로 가는 일 잘
봐, 아름다운 것들은 무서운 법이니까 둘레가 아름다운 모
자일수록 죽은 새의 깃털이 많이 필요하니까 수압이 약한
변기 레버를 내리면서 바다를 떠올리는 일 우리가 흘린 오
물이 넘쳐버리거나 천천히 맑아지는 시간을 떠올리는 일 바
다의 허리띠를 끌러주었다 너무 많은 물이 넘치지 않고 멋
지게 출렁거렸다

삼십 년간 한 곡의 히트곡만 발표한 늙은 가수는 삼십 년
간 한 번도 털지 않은 이불을 덮고 다디단 잠을 잘 잤다 만
나고 싶은 사람들은 모두 망자가 되어 있었고 너무 늦거나
너무 빠른 아침처럼 이불을 털기에 좋은 날씨가 이어졌으나
내가 볼 수 없는 것들만 진짜 내 것이라고? 한쪽 접힌 달의
귓바퀴처럼? 매일매일 고소한 콩팥처럼?

걱정 마라 천천히,
바닷속에는 바다 냄새가 나지 않을 거야
이 바닷물을 무슨 색이라고 부르겠니
너라면

바다는 푸른 칠판에 태양계를 그린다
인간의 수줍음이 몸으로부터 얼굴을 떼어놓았듯이
가장 먼 표정이 되려는 저 별들

늙은 가수는 자신의 노래를 흥얼거리다 말고 이불 밖으로
목을 길게 빼놓는다 노래의 끝을 알고 싶은데 도무지 후렴
에 도달할 수 없어서 그는 이불 끝에 섰다 자신의 등을 떠밀
어 바다로 던져버리려다가 오랫동안 이불을 쓰다듬는다 너
무 많은 물이 넘치지 않고 출렁거린다
　무한히 반복

마침내의 날

소각장 화단에 사루비아가 피었다 삐뚤게 그린 눈썹처럼
고약하지도 향기롭지도 않은 상태로

콧김을 씩씩거리며 난투를 벌이러 온 자들의
낭만적 사랑을 조금도 잠재울 수 없을지라도

크고 유명한 병원이 있는 동네라면
아무 버스나 잡아타도 병원에 갈 수 있다

공단에서 병원으로, 각돌 구름을
대학에서 병원으로, 방석처럼 깔고 앉은 태양이
병원에서 병원으로, 끝없이 끝없이

아파질 날들은
편리하게 수송될 필요가 있다

우리는 머지않아 만난다 버스 안에서
울상을 들켜버리고 쉽게 낙담하는 마음을 알아보면서
죽을 뻔한 경험 속에서도 오로지 웃음거리를 찾기 위해서

버스 차창에 누군가 손가락 글씨를 적어둔 흔적
다음 순서는 무엇입니까

웃는 돌

만약 언젠가
돌 하나가 너에게 미소 짓는 것을 본다면,

그것을 알리러 가겠니?*

먹는 내가 있습니다
  사람들은 실로 대단한, 돌도 씹어먹을 나이지 하고 찬사
를 아끼지 않습니다
  또다른 사람들은 실로 범상한, 돌도 씹어먹을 나이지 하
고 심드렁해합니다 나는 으적으적 씹으며
  생각합니다 사람을 녹이면 무슨 색깔일까요 염소를 고아
먹고 더 많은 염소를 위해 쓰겠다는 사람도 있었어요 찰랑
거리는 나의 뿔 속에 부유물이 많은데요 손에 쥐고 있던 것
들이었습니다

  너 모자 크니까 빌려줘
  너 손이 크니까 잡아줘
  그런 이야기들이 다정합니다 더 많은 것을 먹고 더욱 많
은 것을 위하려는 것 같았어요
  둘밖에 없었지만 저요? 제 손요? 자꾸 한번 더 묻게 되
는 겁니다
  사람들은 두 번씩 우는 나를 대단한 염소야 하고 격려를

아끼지 않습니다 한번 더 묻는 나를 말귀도 어두운 멍청이 같으니라구 하고 걷어찹니다 나는 마른 잔디를 으적으적 씹으며
별 뜻 없어요 습관이에요 부끄러워합니다

같이 바다에 갈까? 약속하면 바다로 향하는 도중에 깨어납니다
내일도 바다로 향하는 도중에 깨어나 첨벙거리며 혼자서 두 번씩 첨벙첨벙하면서
해변의 커다란 바위를 향해 뿔을 흘리고 있습니다
어쩌다 부끄러운 습관밖에 남질 않았고

먹는 내가 있습니다 커다란 바위 하나는 다 먹을 겁니다
찬사와 야유를 퍼붓던 사람들 모두 나의 건강을 염려하기 시작합니다 돌이라니 어쩌자고 그런 것을 먹으려는 거야? 죽으려는 거야? 하고 울고 있습니다 사람을 녹이면 무슨 색깔일까요
생각을 멈추지 않습니다 오래된 돌의 기억이 머리 위로 쏟아집니다
부유물이 많고 투명합니다

돌을 씹어먹는 다른 사람이 나타날 때까지 해변에 남기로 합니다

누군가 나를 향해 미소 짓는다면
저요? 저 말이에요? 혼자 열심히 쪼개지면서요

* 외젠 기유빅, 「만약 언젠가」(『가죽이 벗겨진 소』, 이건수 옮김, 솔,
1995)에서.

해설

'못다 한 이야기'

조연정(문학평론가)

생각을 멈추지 않습니다 오래된 돌의 기억이
머리 위로 쏟아집니다
—「웃는 돌」부분

죽은 '나'의 미래일기

과거에서 현재로, 그리고 미래로 이어지는 시간의 흐름이
가능한 것은 그것을 인식하는 주체로서 '나'가 존재하기 때
문이겠지만, 그 '나'라는 실체는 언제나 '지금-여기'의 시공
간에만 존재할 뿐 과거의 공간 속에도 미래의 공간 속에도
실재할 수는 없다. '내'가 기억하는 과거의 '나'는 지금은 없
어져버린 어떤 이미지에 불과하며, '내'가 상상하는 미래의
'나' 역시 지금의 '내'가 사라진 이후에야 가능해지는 어떤
이미지일 뿐이다. 과거를 떠올리는 일이, 더불어 미래를 상
상하는 일이 얼마간의 상실감을 동반한다면, 그것은 '나'라
는 실체가 복수의 시간 속에 동시에 존재할 수 없다는 일상
적 사실 때문일 것이다. 과거의 '나'는 어디로 사라진 것일
까. 그리고 현재의 '나'는 결국 어디로 사라질 것인가.
흘러가는 시간 속에서 현재의 '내'가 매 순간 과거의 '내'
가 되어버리는 사정은 돌이킬 수 없다. 이처럼 과거와 미래
의 '나'를 한꺼번에 움켜쥘 수 없는 인간은 매 순간 애도의
작업을 실행하며 살고 있다고 할 수 있다. 우리가 매 순간

실행중인 '나'에 관한 애도는 완료가 불가능한 작업이다. 사라진 과거의 '나'는 '나'의 현재 속에 언제나 파편적 기억의 형태로 기거하고 있으며, 이처럼 잃어버린 '나'와 동거하는 삶은 미래의 시간 속에서도 지속될 것이 분명하기 때문이다. 인간은 자신의 죽음을 쉽게 상상하지 못한다고 하지만, 과거의 '나'를 잃어가는 과정으로서 인간의 삶은 사실 '죽은 나'를 매 순간 새롭게 대면하는 과정과도 같다. 유계영의 표현을 빌려 쓰면, "모르는 사람의 기념사진에 찍힌/ 나를 발견하"(「언제 끝나는 돌림노래인 줄도 모르고」, 『이제는 순수를 말할 수 있을 것 같다』, 현대문학, 2018)는 생경함이 우리 삶을 가로지른다. 이 같은 방식으로 죽음과 동거하는 우리는 실상 타인의 죽음보다 '나의 죽음'과 더 많이 마주하게 된다. 반복적으로 과거의 '나'를 잃으며 살아가는 우리가, 그러므로 타인의 상실감에 대해 공감하지 못한다는 것은 불가능한 일이지 않을까. 헤어짐의 상실감에 대해서라면, 무한반복 되는 '나'와의 이별을 겪고 있는 우리는, 그 감정에 절대로 익숙해지지는 못할지라도, 상실감의 실체에 대해서는 분명 알고 있는 것이다. 인간 삶은 '나의 죽음'이 매 순간 새롭게 갱신되는 과정과도 같기 때문이다. '나'의 현재는 '죽은 나의 미래'이며, '내'가 실종된 사태이다.

유계영 시가 현재의 시간 속에서 쓰고 있는 것이 바로 '죽은 나'의 "미래일기"(「미래일기」) 같은 것이 아닐까. 그것은 "너덜거리는 미래"(「불과 아세로라」)에 관한 것이고, "내가 누군인지 모르겠어요"라는 "하나의 의문으로"(「온갖 것들의 낮」, 『온갖 것들의 낮』, 민음사, 2015) 씌어진 것이기도 하다. 그 일기장 속에는 이런 문장이 적힌다. "오늘의 나를 목격했다는 사람이 있었는데/ 그것이 진짜라고 말하는 사람은 없었다"(「미래일기」). "오늘의 나"는 내일이 되면 사라질 것이고, 그 되풀이되는 과정에서 "진짜" '나'를 찾는 일은 곤란해질 것이다. 그 곤란함과 상실감, 그리고 결국엔 슬픔이라고 말할 수 있는 것이 유계영 시를 읽는 우리가 맞닥뜨리는 감정의 실체이다. 유계영의 시는 '진짜 나'를 찾겠다는 의지보다는 "보여주겠다/ 내가 어떻게 길을 잃는지"(「잘 도착」, 『나는 이제 순수를 말할 수 있을 것 같다』, 현대문학, 2018)라는 다짐 속에서 써진다. 그녀는 '나'에게 "잘 도착" 하는 길이 '나'를 잘 잃는 과정 중에, 결국 상실에 대한 애도 불가능을 지속적으로 확인하는 과정 중에 있다고 말한다. 왜 "이런 얘기"여야 했을까.

사라진 과거의 '나'를 불완전한 기억에 기대어 불러오려는 인간의 일상적 의지와, '나'보다 앞선 타인의 이른 죽음을 망각하지 않고자 하는 윤리적 태도는 같은 종류의 것이다. 타인의 고통에 공감할 수 있는 가능성을 두고 우리는 능력이라는 말을 쓰기도 하지만, 그것이 상실이라는 참담한 고통에 관한 것이라면, 공감은 능력이 아니라 그저 본능이라고 해야 맞다. '죽은 나'의 '미래일기'를 쓰고 있는 유계영의 시가 '어지러운 얘기'들을 통해 말하는 것이 어쩌면 이 같은 명쾌한 사실에 관한 것일지도 모른다.

잠 못 드는 '당신'과 깨어나지 않는 '나'

유계영의 시가 '죽은 나의 미래일기'로 읽힌다는 말을 했다. 「밤의 이야기」라는 시를 읽고 나서 그런 생각을 했다. 이 시에는 장례식장에서 신고 온, 자기 발에는 컸던 '남의 구두'가 실은 자기 구두였음을 자각하는 화자가 등장한다. 이제는 큰 발을 갖게 된 '내'가, 작은 발을 갖고 죽어버린 어린 '나'를 환기하는 시로 읽히는 셈이다. "죽은 애"가 참석한 동창회(「동창생」)의 풍경에서도, 사라진 동생을 찾아다니는 꿈속 장면에서도(「참 재미있었다」), "줄어든 스웨터의 팔다리를 붙잡고 죽죽 늘이는 아침"(「허클베리―경언에게」)의 풍경에서도, 공통적으로 환기되는 것은 어린 혹은 이른 죽음이다. '나'와 생김새가 비슷한 작은 동생도, '내' 팔다리에 맞지 않는 "줄어든 스웨터"도, 지금은 사라진 어린 '나'를 환기한다. 그 어린 '나'의 실종에 대해 이야기하는 유계영의 시는 결국 "못다 한 이야기"(「동창생」)가 된다.

장례식장에서 신고 온 남의 구두
발이 큰 사람이 나를 걸어 넘어뜨렸다
친구들이 낭떠러지에서 무럭무럭 떨어지는 사이

나는 보도블록 위로 걸으며
더 깊은 맨홀 속으로 빠지며 움찔거렸지

낮게

도둑맞은 자전거가 어디에서 어디로
내 더러운 발을 운반하고 있는지를
저녁의 골목이 확인시켜주는 것
우리가 어떻게 태어났는지 알려줄까

가로대를 뛰어넘는 높이뛰기 선수와 같았을까
나는 도움닫기중에 넘어진 무릎일까

조용히

(……)

그날 장례식장에서 신고 온 구두가
틀림없이 내 구두라는데
　　　　—「밤의 이야기」 부분 (강조: 인용자, 이하 동일)

　장례식장에서 '남의 구두'를 신고 나온 '나'는 자꾸 넘어
지고 있다. '나'보다 발이 큰 사람의 구두를 잘못 신었기 때

문이다. 그 구두를 신고 "깊은 맨홀 속으로" 빠져버린 '나'
는, "도움닫기중에 넘어"져 무릎이 망가져버린 "높이뛰기
선수"처럼, 그 낮고 컴컴한 곳으로부터 빠져나올 길이 없어
보인다. "친구들이 낭떠러지에서 무럭무럭 떨어지는 사이",
그러니까 낭떠러지 같은 높은 곳에서 떨어지는 꿈을 꾸며 하
룻밤 사이에도 훌쩍훌쩍 커버리는 사이에도, '나'만은 친구
들처럼 "무럭무럭" 자라지 못하고 제자리에 머물러 있는 것
이다. 그런데 장례식장에서 잘못 신고 온 그 큰 구두가 "틀
림없이 내 구두"라니 무슨 말일까. 어린 '나'와 온전히 작별
하지 못하고 발이 큰 어른이 되어버린 '나'에게 현재의 시간
이란 단지 아직 도래하지 않은 '과거의 미래'에 불과하다.
이처럼 현재를 '과거의 미래'로 감지하는 '나'에게는 과거의
'나'를 잃을 수 없다는 강력한 의지가 작동하고 있다. 성장
을 거절하는 미성년의 발화로 쓰인 시를 많이 보아온 우리
에게, 이처럼 성장하지 못한 과거의 '나'와 대면하는 어른의
발화로 쓰인 유계영의 시는 새삼 낯설게 읽히는 측면이 있
다. "너 자신과 멀어지면 멀어질수록/ 훌쩍 자라게 되는 거
란다"(「반드시 한쪽만 유실되는 장갑에 대하여」)라고 다짐
처럼 말하는 시인은 과거의 '나'들을 온전히 품고 있을 때에
라야 '나' 자신과 멀어지지 않을 수 있다는 사실을 안다. 그
래서 그녀는 제시간에 '현재'에 도달할 수 없다. 훌쩍 자라
지 못하고 오래전의 시간 속에서 주저하며 울고 있다. "약속
을 정한 순간부터 나는 늦고 있다 각자 미래를 적어 오기로

한 순간부터 나는 빈손을 덜렁덜렁 흔들고 있다 (……) 시는 이미 애가 타고 있고 나는 이미 엉엉 울고 있다"라고 말하는 「시」의 서두는 그 머뭇거림을 애타게 담아낸다.

그런 점에서 "나보다 오래전에 살았던 사람들이 우르르 구경 온다"라고 말하는 「환상통」이라는 시는 시인이 생각하는 '현재'라는 시간, 혹은 '나'라는 존재를 이해하기에 적절한 이미지가 된다. 자기 몸의 일부가 없어진 자리에서 느껴지는 고통의 감각, 그러니까 과거의 시공간 속에는 분명 존재하지만 현재의 시공간 속에서는 찾을 수 없는 "오래전에 살았던" '나'들을 상실감 속에서 환기하는 것이 유계영 시의 요체가 되는 것이다. 현재를 과거의 시점에서 아직 도래하지 않은 미래로 감지하는 그녀의 감각에 의한다면, 죽음과 삶, 밤과 낮의 경계도 불분명해진다. 낮에서 밤으로 또 밤에서 낮으로 반복적으로 이어지는 시간들은, 우리가 매일매일 연습처럼 경험하는 삶과 죽음의 교차라 할 수 있을 것이다. 그렇다면 '불면'을 토로하는 듯한 유계영의 몇 편의 시들은 죽음이 삶으로, 과거가 현재로 대체될 수 없다는 사실, 즉 삶이 죽음을, 현재가 과거를 망각할 수 없다는 사실을 확인하는 시들로 읽힌다. 「잠을 뛰쳐나온 한 마리 양을 대신해」 「해는 중천인데 씻지도 않고」 같은 시들이 그렇다.

그때 아침 태양은
당신의 얼굴을 얼마나 자세하게 깨무는지

오줌싸개 천사의 발밑에 고인 동전처럼
얼마나 자세하게 외로운지

양을 대신해 깨어나는지

꿈을 질겅거리며 거리를 걸어가는 자들
크고 작은 전쟁의 병사들
가장 먼저 죽는 행운을 빌었지만

잠을 뛰쳐나온 한 마리 양과 함께
끝까지 살아남아 매매 우는지

태양이 가장 높이 떠오르도록 깨어나지 않는 나는
잠 속에서 애써 혼잣말중이다
난 살아 있지, 살아 있구나
외워놓지 않으면 잊어버릴 수 있는지

이 또한 양을 대신해

심연이라는 장소가 있다고 들었다
당신의 가슴에 손을 뻗어도 손톱 끝인데

그 많은 양들은 어디서 모았지?

젖은 속눈썹같이 얌전히 자라는 슬픔도 있는지
그렇게 빛이 드는 골목도 있는지
하루종일 아침인 어린양을 대신해
　　　　　—「잠을 뛰쳐나온 한 마리 양을 대신해」 전문

　"아침 태양"이 "당신의 얼굴을 얼마나 자세하게 깨무는지"
라는 감각적인 표현으로 시작하는 이 시는 '당신'의 불면을
그린다. 해가 중천에 뜨도록 잠을 이루지 못하고 있는 '당신'
은 "양을 대신해 깨어나는" 사람이다. 그 불면의 피로는 죽
지 못하는 "전쟁의 병사들", 잠을 뛰쳐나와 끝까지 살아남은
"한 마리 양"으로 비유된다. '당신'은 잠들기 위해 "그 많은
양들을" 다 세어보고 있지만, 끝까지 살아남는 한 마리 양이
있어서 잠들지 못하고, 당신의 양 세기는 "태양이 가장 높이
떠오르도록" 끝없이 지속된다. 무심히 읽는다면 인용한 시는
불면으로 괴로운 '당신'의 밤과 낮을 감각적으로 표현하는 것
으로만 읽히지만, 잘 들여다보면 이 시 안에는 불면으로 지
친 '당신'뿐 아니라, '당신' 곁에서 "태양이 가장 높이 떠오르
도록 깨어나지 않는 나"가 등장한다는 사실을 알게 된다. 깨
어나지 못하는 사람 곁에서 잠들지 못하는 사람이 "얼마나
자세하게 외로운지"에 대해서 적고 있는 시인 셈이다. 잠들
지 못하는 '당신'은 "가장 먼저 죽는 행운을 빌었지만" "끝까
지 살아남아" 극한의 피로를 느끼고, 깨어나지 못하는 '나'는

"난 살아 있지, 살아 있구나/ 외워놓지 않으면 잊어버릴 수 있"다며 "잠 속에서 애써 혼잣말"하며 불안을 느낀다. 이 둘은 손을 뻗으면 손톱 끝이 닿을 정도로 가깝게 있지만, 잠들 수 없는 '당신'과 깨어나지 않는 '나' 사이 마음의 거리는 "심연"과도 같다. 그 심연으로부터 슬픔이 조용히 자라고 있다.

함께 누웠으나 같이 잘 수 없는 '당신'과 '나' 사이의 "심연"이란, 그리고 그 안에서 "얌전히 자라는 슬픔"이란 무엇을 말하는 것일까. 사랑의 불가능을 말하는 시로도 읽힐 수 있지만, 깨어 있는 사람을 '나'가 아닌 '당신'으로, 반대로 잠 속에 있는 사람을 '당신'이 아닌 '나'로 설정한 부분도 어쩐지 흥미롭다. 잠들어 있는 '내'가 깨어 있는 '당신'의 외로움에 대해 말하는 설정인 것이다. '죽은 나의 미래일기', 혹은 과거로 사라진 '나'에 대한 애도 불가능이라는, 유계영 시에 관한 우리의 관점을 따른다면, 「잠을 뛰쳐나온 한 마리 양을 대신해」는 '과거의 나를 망각할 수 없음'(잠들 수 없는 '당신')으로 인해 '현재에 부재하는 나'(깨어날 수 없는 '나')를 묘사하는 시로 읽을 수 있겠다. 한낮에도 잠에서 깨지 못하는 '내'가 "난 살아 있지"라는 사실을 주문처럼 외워야만 하는 것은, 잠들지 못하는 '밤'의 시간들에 둘러싸여 있기 때문이다. 유계영의 화자들은 이렇게 밤을 품고 낮을, 죽음을 품고 삶을 살아간다. "삶의 반대는 죽음이 아니라 살 수 없음입니다"(「반드시 한쪽만 유실되는 장갑에 대하여」)라는 문장도 이제 자연스럽게 이해가 된다. 삶 속에는 언제나 죽음이 함께한다. 아니 함께여야 한다. 그 죽음은 과거로 사라진 '나'에 관한 것이기도 하고, 혹은 "열 밤 자면 돌아오던 부재자처럼"(「여름이 오다」) 봄이 다 가고 여름이 오도록 돌아오지 않았던 누군가에 관한 것이기도 하다. 그 돌아오지 않는 누군가와 "두 번 작별하기 위해/ 액자 속에 사진을 끼우고 오래오래 잊어버리는 일"(「실패한 번역」)을 열심히 거절하는 것이, 즉 부재자의 부재를 인정하지 않고 그를 끝까지 기다리는 일이, 유계영의 시쓰기와 관련이 있다.

'산 사람처럼 또 만나자'

매 순간 현재가 과거로 사라지는 중인 시간의 연속적 흐름 속에서, 과거의 '나'를 무로 돌리지 않으려는 어떤 의지가 유계영 시에 자리한다고 말해왔다. 그러나 생각해보면 과거의 '나'를 잊지 않고 애도하려는 의지도, 현재를 과거의 미래로 인식해보려는 머뭇거림의 자유도, '살아남은 자'들의 특권이라 할 수 있다. 그렇다면 그 특권을 누리는 이들이 해야 할 일은 무엇일까. 스스로를 애도할 수 없는 사람들을 대신해 그들을 기억하는 일이다.

유계영의 시에 '어린' 혹은 '이른' 죽음이 함께하는 것은 그것이 비단 과거로 사라진 '나'에 대한 기억을 환기하는 이미지만은 아닐지도 모른다. "죽은 애"가 참석한 동창회의 풍경을 읽어보자.

　　죽은 애도 온 것 같다 죽은 애가 와서
　　자신이 죽었다고 귓속말을 흘리는 것 같다
　　죽은 애가 죽은 것은 모두가 아는 얘기

　　(……)
　　죽은 애가 죽은 것은 모두가 아는 얘기
　　들어줄 수 없는 얘기

　　지하실 냄새와 어울리는 80년대 실내장식이다
　　토요일 밤에도 파리만 날릴 게 분명한 호프집이다
　　여기에서
　　우리가 다시 만났습니다
　　그러고도 다시 만났습니다
　　산 사람처럼 어울려 떠들고 마신다.

　　(……)

　　못다 한 이야기나 나누어봅시다
　　못다 한 그리움과 못다 한 추태와 못다 한 공격과 못다
한 수비
　　다 해봅시다 오늘

—

이야

(······)

무슨 말이 더 필요해
너무 많은 말이 필요하니까
지금껏 그래왔듯이 죽은듯이 살아가자
산 사람처럼 또 만나자
창밖의 사거리에는 급정거하는 소나타, 클랙슨 소리 위
로 미끄러지는 중학생들이 또
횡단보도를 지우고
내가 나인 것이 치욕스러웠던 날들과 떳떳했던 날들을
마구 흘리며
달아난다

그러나 쇠고랑 끝에 매달린 금속 추처럼
죽은 애의 죽음을 끌고 간다 우리는
후렴구를 연거푸 반복하면서
　　　　　　　　　　　　　—「동창생」 부분

　"죽은 애"가 참석한 동창회 풍경을 상상해본 적이 있을까.
분량이 꽤 긴 시이기 때문에 부분적으로 인용했지만, 「동창
생」이란 시는 흔한 동창회의 풍경을, 그러니까 "80년대 실

내장식"이 촌스러운 "지하실 냄새"나는 호프집에서 오랜만에 모인 동창생들이 서로의 근황을, 늙어가는 일의 소회를 나누는 풍경을 그린다. 누군가는 이혼을 했고, 누군가는 우수수 머리가 빠지고 있고, 누군가는 무릎에서 "영혼"이 "줄줄 새어나가"는 듯이 "주저앉을" 것만 같다는 그런 평범하면서도 어쩐지 서글픈 이야기들을 주거니 받거니 하고 있는 듯하다. 특이한 점이 있다면 "죽은 애가 와서/ 자신이 죽었다고 귓속말을 흘리"고 있다는 것이다. "죽은 애가 죽은 것은 모두가 아는 얘기"이므로 그것은 "들어줄 수 없는 얘기"이지만 그들은 "산 사람처럼 어울려/ 떠들고 마신다."

"죽은 애"가 참석한 동창회의 풍경이 낯설게 여겨진다면 그것은 단순히 '죽은 사람'과 '산 사람'이 섞여 있기 때문만은 아니다. 모두가 "정통으로 맞은 세월을" 그 "죽은 애"만이 피할 수 있었다는 당연한 사실로 인해, 이 동창회의 풍경 속에는 늙어버린 사람들과 아직 덜 자란 어린 애가 친구처럼 마주하는 희한한 장면이 연출된다. 그런데 어찌 보면 이러한 장면이 조금도 낯설지 않은 것은, 아주 오랜 시간이 흐른 뒤 마주하게 된 동창생의 모습에서 우리가 찾는 것은 언제나 이미 사라져버린 그의 어린 시절 얼굴이기도 하기 때문이다. 동창회의 '우리'는 모두가 많이 달라져버린 얼굴로 한 자리에 모였지만, 서로가 서로의 얼굴에서 보는 것은 더 낯익은 예전의 얼굴이다. 동창회란 어쩌면 내 기억 속에 흐릿한 이미지로만 존재하는 '죽은 애', 즉 '어린 나'를

"산 사람처럼" 다시 불러내는 자리가 아닐까. 그애는 어디로 간 것일까.

"쇠고랑 끝에 매달린 금속 추처럼/ 죽은 애의 죽음을 끌고 간다"는 마지막 연의 언급에서는, 이 '어린' 혹은 '이른' 죽음을 '나'의 삶 안으로 적극 끌어안고자 하는 이의 결의가 느껴진다. 유계영의 시에서 과거를 기억하는 일이 어떤 안온함, 다정함, 따뜻함 등의 긍정적 감정들보다는 언제나 얼마간의 서늘함, 먹먹함, 슬픔 등의 부정적 감정들을 동반하게 된다면, 그것은 과거를 거쳐 미래로 흘러가며 결국 죽음을 향해 가는 인간 삶에 내재한 보편적 상실감 때문만은 아닐 것이다. 그것은 "살 수 없음"이라는 사태로 인해 과거의 특정 시간 속에 갇혀 현재라는 미래에는 결코 당도할 수 없게 된, 수많은 "죽은 애"들에 대한 어떤 윤리적 책임감이 그녀에게 강하게 작동하고 있기 때문이어서 그럴 것이다. '시인의 말'을 대신해 쓰게 되었다는 이 시집의 마지막 시「웃는 돌」에서 그녀는 돌을 씹어먹는 염소가 되어 "돌을 씹어먹는 다른 사람이 나타날 때까지 해변에 남기로 합니다"라고 말한다. 몇 해 전의 봄 이후로 바다라는 말만 들어도 가슴이 철렁 내려앉는 우리에게, 돌을 씹어먹으며 "해변"에 남겠다는 그녀의 문장이 무심히 읽힐 수만은 없을 것이다.『이런 얘기는 좀 어지러운가』는 결국 우리의 '살 수 있음'을 "치욕"(「동창생」)으로 만들지 않기 위한 태도가 무엇인지 묻고 있는 시집은 아닐까. 이제 이 짧은 글을 마치며 우리가 마지

막으로 함께 읽고자 하는 시는 "수습"되지 않는 '나'에 관한
이야기이다. 어떻게 살아야 할지에 대한 명확한 답변보다
는 이렇게 살 수밖에 없다는 고백이 담긴 시가 아닐까 한다.

　내가 떨어지는 것을 보고 있다
　사고 현장에 우두커니 서서

　나는 왜 떨어지고 있는 것인가 점심은 먹고 떨어지는 것
인가 옷매무새는 잘 여미고 떨어지는 것인가 몇 층에서 떨
어지기 시작한 것인가 나는 내가 떨어지는 모습을 처음 목
격하기 때문에 내가 떨어지는 것을 끝까지 내버려둔다 떨
어진 것이 내가 확실한지 알기 위해서

　난간 위에서 누군가 외친다
　밑에 떨어진 사람 없어요?

　아직 다 떨어지지 않았지만 일단은 나라고 해야 하는 것
인가 떨어지는 나를 지켜보는 중인 내가 나라고 해야 하
는 것인가 이미 누군가 떨어진 적이 있다면 그것도 나라
고 해야 하는 것인가 이미 떨어진 사람이 파다하다면 내
가 파다하다고 해야 하는 것인가 과거에 떨어진 나를 수
습하기 위해 떨어지고 있는 중인 나를 그만둬야 하는 것
인가 이렇게 오래 떨어지고 있는 중인 나를 사람이라 불

러도 괜찮은 것인가

　　내가 도착하지 않는다 운동화와 뿔테안경이 도착한 지
한참 지났지만 내가 도착하지 않는다 가발과 속눈썹이 찰
랑 찰랑 내려앉은 지 오래됐지만 내가 도착하지 않는다 손
발톱과 치아가 후드득 쏟아진 후에도 내가 도착하지 않는
다 가슴과 엉덩이, 눈동자와 눈빛이 뭉개진 후에도 내가
도착하지 않는다 전봇대마다 실종 전단이 들러붙은 후에
도 나는 도착하지 않는다 내가 나를 지나가버린 것을 끝
까지 모른다

　　내가 떨어지는 것을 지켜보다가 꾸벅꾸벅 존다
　　꿈결에 사고 현장을 벗어나버린 줄도 모른다
　　걷는다 어딘지도 모른다
　　　—「나는 미사일의 탄두에다 꽃이나 대일밴드, 혹은 관
　　　　용, 이해 같은 단어를 적어 쏘아올릴 것이다」 전문

　　추락 사고 현장인 듯하다. 사고는 보통 순식간에 일어나
고 그것의 수습도 신속해야 하는 것이 맞지만, 이 시에서는
사고 자체가 완료되지도 않고 있다. '나'는 "아직 다 떨어지
지"도 않았다. '내'가 떨어지는 것을 '내'가 지켜보고 있다고
느낄 정도로, 지켜보다가 꾸벅꾸벅 졸게 될 정도로, '나'는
"이렇게 오래 떨어지고 있는 중"이다. 운동화와 뿔테안경이

먼저 도착한 후에도, 손발톱과 치아가 쏟아진 후에도, 눈동자와 눈빛이 뭉개진 후에도, 실종 전단이 붙은 후에도, "나는 도착하지 않"고 있다. "내가 나를 지나가버린 것을 끝까지 모른다"라는 문장은 결국 '나'는 '나의 도착'을 볼 수 없게 될 것이라는 말과 같다. "사고 현장을 벗어나버린" '나'는, 그 사실조차도 모르는 '나'는, 결국 '나'를 만날 수 없게 될 것이다. '나'의 실종은 영원히 지속될 것이다.

현재를, 과거의 미래로서 아직 도래하지 않은 것으로 인식하는 유계영 시의 화자들에게, '내'가 실종된 사태는 일상적인 감각일지 모른다. 그러나 이 시의 여러 구절들, 그러니까 여전히 '수습'되지 못하고 있는 실종 상태의 '나'는 일상적 착란의 사태를 넘어, 우리에게 더 많은 것을 환기한다. 상실감이라는 말로 전부 설명될 수 없는 참담한 슬픔 같은 것을 말이다. 상실의 고통에 관해 공감할 수 있는 것이 우리의 능력이기보다는 본능에 가깝다는 말을 앞서 했다. 우리가 마지막으로 읽고 있는 이 시는 '나'의 실종, '나'의 길 잃음을 '떨어지고 있다'는 매우 구체적인, 하지만 좀처럼 실감하기도 감당하기도 어려운 감각을 동원해 상상하게 함으로써, 쉽게 잊히기도 하는 우리의 본능을 일깨우고 있다. 만날 수도, 그렇다고 이별할 수도 없는 이를 잃는 일에 대해 오래도록 생각하게 한다.

유계영 2010년『현대문학』을 통해 등단했다. 시집『온갖 것들의 낮』『이제는 순수를 말할 수 있을 것 같다』가 있다.

── 문학동네시인선 119
이런 얘기는 좀 어지러운가
ⓒ 유계영 2019

1판 1쇄 2019년 4월 22일
1판 5쇄 2023년 4월 21일

지은이 | 유계영
책임편집 | 강윤정
편집 | 김봉곤 김영수 김민정
디자인 | 수류산방(樹流山房) 본문 디자인 | 유현아
저작권 | 박지영 형소진 최은진 오서영
마케팅 | 정민호 김도윤 한민아 이민경 안남영 김수현 왕지경 황승현 김혜원
브랜딩 | 함유지 함근아 박민재 김희숙 고보미 정승민
제작 | 강신은 김동욱 임현식
제작처 | 영신사

펴낸곳 | (주)문학동네
펴낸이 | 김소영
출판등록 | 1993년 10월 22일 제2003-000045호
주소 | 10881 경기도 파주시 회동길 210
전자우편 | editor@munhak.com
대표전화 | 031) 955-8888 팩스 | 031) 955-8855
문의전화 | 031) 955-3576(마케팅), 031) 955-2678(편집)
문학동네카페 | http://cafe.naver.com/mhdn
인스타그램 | @munhakdongne 트위터 | @munhakdongne
북클럽문학동네 | http://bookclubmunhak.com

ISBN 978-89-546-5589-7 03810

* 이 도서는 2018년 아르코문학창작기금의 수혜를 받아 발간되었습니다.
* 이 책의 판권은 지은이와 문학동네에 있습니다. 이 책 내용의 전부 또는 일부를 재사용하
 려면 반드시 양측의 서면 동의를 받아야 합니다.

잘못된 책은 구입하신 서점에서 교환해드립니다.
기타 교환 문의: 031) 955-2661, 3580

── www.munhak.com

문학동네